只/要/你/想,/多/晚/开/始/都/可/以

都合有，都合好

潘云贵 著

上海文艺出版社
Shanghai Literature & Art Publishing House

图书在版编目（CIP）数据

都会有，都会好 / 潘云贵著 . -- 上海：上海文艺出版社, 2020
ISBN 978-7-5321-7307-5

Ⅰ.①都… Ⅱ.①潘… Ⅲ.①故事—作品集—中国—当代 Ⅳ.① I247.81

中国版本图书馆 CIP 数据核字 (2019) 第 287993 号

发 行 人：陈　徵
责任编辑：崔　莉
丛书策划：徐　晶
特约策划：孙玉芳　吴珊珊
本册主编：樊迎鑫　童恩兵　刘梦佩
特约编辑：孙玉芳
封面设计：资　源
美术编辑：郭　宁　刘海燕
封面供图：Liii

书　　名：都会有，都会好
作　　者：潘云贵
出　　版：上海世纪出版集团　上海文艺出版社
地　　址：上海市绍兴路 7 号　200020
发　　行：上海文艺出版社发行中心发行
　　　　　上海市绍兴路 50 号　200020　www.ewen.co
印　　刷：三河市宏图印务有限公司
开　　本：889×1194　1/32
印　　张：7.5
字　　数：189,000
印　　次：2020 年 5 月第 1 版　2020 年 5 月第 1 次印刷
ISBN：978-7-5321-7307-5 / I.5912
定　　价：36.00 元
告 读 者：如发现本书有质量问题请与印刷厂质量科联系

目录 CONTENTS

自 序
时间的远方，时间的孩子 ———————— 1

Chapter 1 P001 青木桌上的男孩

我很穷，但我不是坏人 ———————— 002

藏在芭蕉里的父亲 ———————— 008

记得摸摸这儿 ———————— 015

再见，黄昏里的男孩 ———————— 021

住在声音里的彼得·潘 ———————— 027

那场青春，水花激荡 ———————— 032

桃花告白信 ———————— 039

走廊上的时光 ———————— 045

十九岁的最后一天 ———————— 050

再无少年骑风来 ———————— 055

Chapter 2 努力的人有星辰大海 p061

只要你想,现在就能开始 —————— 062

等彩虹的人 ———————————— 067

余生多风雪,微光入梦来 ————— 073

你偷过的懒,终会成为囚禁你的牢 — 078

世间所有的美好都来自热爱 ———— 083

我还年轻,还要大声唱着时间的歌 — 089

此间少年,岁月光辉 ——————— 094

向前跑,冥王星 ————————— 100

这个世界还很好,我们还是去爱吧 — 107

Chapter 3 世界予我寂静欢喜 P115

别让他们只跟神说话 ———————— 116

站在世界的边缘 —————————— 121

藏了那么多，一定很辛苦吧 —————— 127

请你不要看我 ——————————— 132

放松点，一切都会好 ————————— 138

你高兴了，天气就很好 ———————— 143

脸上的故事 ———————————— 148

我们终将独自前行 —————————— 156

目送你向着光走去 —————————— 162

Chapter 4 山川岁月长，余生须尽欢 P169

听风起雨落，等一等灵魂 —————— 170

走得越远，越觉得安心 —————— 175

少年感是一种抗氧化剂 —————— 180

且以优雅慢煮生活 ———————— 186

岁月极美，你要欢喜等待 ————— 191

且让自己真实活过 ———————— 197

所有远行的人，都有山川和星辰 — 204

人生百宴，一人食也要很快乐 —— 212

人看多了，就想看看海 —————— 217

向着白夜奔跑 —————————— 222

自　序

时　间　的　远　方，　时　间　的　孩　子

　　曾在鹿谷一家茶社小坐，店里陈师傅唤来小童净炉燃香，他自己则去烧水。水壶很快咕噜咕噜响着，随即止住。他提壶而来，用热水温杯，然后笑盈盈地从茶罐里舀出冻顶乌龙，置于杯中，沿杯壁切线方向倒水，茶叶像鱼群似的游起来。

　　陈师傅两鬓已有白发，似染微霜，面庞和善，目光如炬，专注于手中流转的杯碗，一面与我们攀谈，是个体阅尽沧桑后的一番体悟："我泡茶一般会比别人慢，我喜欢看茶叶慢慢舒展开的样子，也喜欢看这取来的江中白水一点点有了清雅之色，像看到了时间，看到了生活，看见了一个人的成长。"

　　他边说，杯里的茶叶便逐渐晕开，汤色清淡，香气四溢。一枚青色的茶叶摊开了自己，也摊开来时的路途，它所经历生命的种种状态，此刻都沉淀在这杯中，是时间的味道。这滋味像极了禅，只

能品，不能说。

撒开疾病与死亡的部分，生命的诸多状态是作为当局者的我们所不易感知的。尤其是时间，它的流逝，像贼路过我们身旁，谁也不会第一时间发现它，等我们缓过神来的时候，一切已属于昨天，一切已属于遥远的过去。

我们常在别人的提醒中，认识到自己的天真与浅薄，而这也是成长中一门重要的必修课。

开学时，我去听一位同事的课。面颊已有雀斑和皱纹的她，穿着自以为年轻的绿色卡通宽松毛衣，让学生猜她的年龄。我看到她满脸自信的笑容，似乎这些孩子将要齐声喊出她想听到的那个仍显青春的数字。这时一个男生举手，站起来，给出的答案是："老师，您年过半百了吧？"她的脸色顿时暗下来，由自信转成一丝诧异。一个女生似乎察觉到我这位同事的尴尬，连忙举手，说："老师，我觉得您挺年轻的，就三十五岁左右。"同事脸上由诧异又沦为失落，显然这也不是她想听到的。"我刚刚还听到有同学说我是二十八岁……"实际年龄已近不惑的她在嘴边喃喃了一下，全班顿时笑出了声。

我理解她的境遇。三十五岁前一直在社会漂泊的她，曾做过精神病院护士、钢管舞演员、编辑、记者，后因创作才华被学校特聘为文学写作教师，成为我的同事。有将近十年的时间，或许在她的生命中是无意义的，她自动删除了相关记忆，于是在这全新的地方，她带着那颗二十八岁的心来面对这些十八岁的孩子。但时间就是如此严苛，留下的痕迹铺满她的面颊，她永远也无法掩盖。而她还活在自己依然年轻的谎言中，仿佛一个不愿醒来的人。

换季时，我像只鼹鼠钻进衣柜里，努力寻找合适的衣物。挑了一身从前的衣服，站在镜子前，看着自己的模样，有一瞬间的恍惚，觉得自己还如昨天那个青葱少年，但又明显觉察到与过去的不同，是什么？一时也说不上来，只整理一下衣领，捋平衣袖，准备出门。母亲这时从厨房出来，撞见我，上下扫视我一眼后，将我拦住。母亲说："你已经是个大学老师了，要有二十七八岁人的样子，不要再像学生时代那样穿，否则这过去的几年你都是白过的，世界会看不起你。"

我明白她话里的意思，我们都需要遵循时间本身带来的改变，认可每一个阶段的自己，无须遮挡、隐藏成长的痕迹，它是时间给予我们的礼物。

太宰治在《晚年》中有过一段叙述："想着去死来着，可今年正月从别人那儿拿到一套和服。算是压岁钱吧。麻质。鼠灰色细条纹花色。是适合夏天的和服。所以还是先活到夏天吧。"这是心底非常幽微的想法，让人对时间的流逝有了期待与希望。内心丰盛的人，会在荒凉的世间，以时间为路途，找寻到自己的信念所在。

年轻时的张爱玲曾在夜间听得窗外飘来喇叭声，几个简单的音阶，缓缓上去又落下，在这嘈杂的城市里，这样的声音太难得，但又有多少人听到呢？张爱玲问姑姑有听见喇叭声吗？姑姑说："没留心。"几个夜晚过去了，张爱玲是落寞的，全世界似乎只有她一

都会有，都会好

人能听到，她不免怀疑或许原本就无人吹起喇叭，只是自己听觉上的回忆罢了，但她心底仍未放弃期待，就在此时，外面有人响亮地吹起口哨，是喇叭的调子，她立刻站起身，满怀喜悦向窗口奔去。

近似这样的经历，我也有过。在硕士毕业前夕，看着周围整日奔波的同龄人，我仿佛是站在墙角的局外人，说内心没有躁动不安的情绪，是不可能的，还是会想，自己究竟要去哪里，进入什么样的环境开始新的人生？二十五年的光阴，推着我不知不觉来到人生的拐弯口，在什么都不确定的未来，我只知道自己在做着喜欢的事情就足够了，时间自然会带我去一个不错的远方，当时心里的的确确这样坚信。

后来，我站在大学讲台上，成为一名中文专业教师，感兴趣的领域与工作之间画上一个对等号。每日按时上课，课后钻进书房，在攀越内心高地的旅途上一意孤行，免于疲乏生活的打扰。时常一个人走在校园里，抬头仰望天空辽远的穹顶，有一丝光穿过云端降临在我生命的领地，照耀着我余生的远方，我勒紧背包，继续往前。肩膀上承载着时间赠予的力量。

在一件事上，当你坚守了足够长的时间，命运总会眷顾你的深情与执着，将你想要的礼物送到你面前。

现在，我又走下讲台，离开原来的环境，来到海峡东岸攻读文学博士学位。我感谢自己不曾轻视时间，我每天都在正视它，并且接受它，我相信时间会把我带向自己想去的远方。虽然在这过程中，我们或许会在一种终日机械重复昨日的生活中失去方向，瘫

自 序
时间的远方，时间的孩子

坐沙发，看窗外天色更迭；会恐惧、担忧于时间巨大的威力，对一些事物的消磨、损耗，甚至是毁灭；会在无枝可依的现实中生出绝望，爱没了，恨也不再有，如陷沼泽，只等着时间静静过去，淹没所有。但只要我们拥有像时间一样奔流向前的勇气，不沦丧于人生停滞的境地，远方必然有欢庆的鼓声、飘扬的风帆、壮阔山河与熠熠星辰，等待远足者前来。

时间无形，又似乎什么都是它，青草是它，潮汐是它，夜空中的花火是它，林间啼鸣的燕雀是它，枝头结出的果实是它，阳台上晒干的衬衫是它，热水壶底的银垢是它，房间里挥发的蚊香液是它……重新审视时间留在每个人生命中的刻度，发现人与人、人与物之间的关系都因时间的介入而发生碰撞和共鸣。我们受惠于这样的关联，而思考、前进、蜕变着。

十九岁离开家去读大学的那天，我坐在由南往北开的火车上，想到这一生可能就此开始飘荡，步履不停，会奔去一个远方，又赶到另一个远方，我和流淌的时间一样再也无法回到原处，我们都要走完很长很长的路。这样的念头来自写作者天生的敏感。

现在再想起，觉得这条路也不太长了，自己正靠近三十岁，每一天的日子显得尤为宝贵。虽说时间无尽，但我愿将它着眼于个体身上，而不放眼寰宇上下，于是生命即时间，一个人存活于世有多久，时间在他那里就有多长，当我们翩然走向人生尽头的一瞬，我们所能感受到的时间就此完结。所以，我无比珍视时间。

庆幸自己面对繁难、庸常、不知所终的生活，始终在以理想与之抗衡，也知道再努力，也很难拗过现实的壁垣，毕竟人是如此脆弱，仅如地表上悬浮的尘埃，最后落定，成为泥土的一部分，但在一切结束前，我不会放弃成为自己的可能。

成长是一生的事情，在时间面前，我们永远是孩子。无时无刻不在往自己长长的、千疮百孔的人生中填补进爱、理解、真理和光亮。

桃李春风一杯酒，写下这本书，不为细数来时路途的落寞与喧哗，彷徨与笃定，不堪和荣光，疼痛和喜乐，为了被俗世紧紧咬合的内心居所漏出缝隙，为着被雨雪风霜洗尽的皮囊更好地赶路。请君翻开，自斟自酌，在字里行间瞥见昨日的少年，也看见现在的我，更重要的是，看到你自己。

愿我们时刻都满怀热忱与爱意、好奇和单纯，不畏前路茫然而颠簸，持一束微火，照见本心。

在星辰密布的苍穹之下，时间是暖光，时间是白马，是你衣边的风，肩上的花。

叮叮咚咚的泉，层层叠叠的梦，告诉你，你还有远方，你还是孩子。

Chapter 1

青木桌上的 / 男孩

在人生的课堂上,我们是永远的学徒,热望所有成长的时刻,用爱丈量生命的丰厚与辽阔,直到鬓梢有云,直到时间尽头。

我很穷，但我不是坏人

> 艰难的生活使我们物质有限、想象有限、审美有限，
> 但我们所感受到的世间温情不比别人少过一分，
> 甚至多于他们。

1

一次坐在县城的公交车上，看见几个小孩奔上来，一个身形消瘦的男孩迅速占领我前面的座位，并把书包丢到旁边空位上，激动地朝随后而来的小女孩招手："这儿有空位，快过来坐！"一个可爱的小胖墩儿无奈地看了看这两个坐在一起的小孩，就到车厢后面坐了。

车在笔直的马路上平稳地开着，过了一会儿，坐在我身后的小胖墩儿突然挪步到前面，指着先上来的男孩，跟女孩说："我妈妈说，他们家很穷，别跟他玩，到后面跟我一起坐吧。"

女孩看了一眼坐在身旁的男孩，若有所思，之后对小胖墩儿点

Chapter 1
青木桌上的男孩

了点头，两个人就坐到了我后面。

刚刚帮女孩占座的男孩，此时孤单地坐在我前座，背影非常非常薄，肩膀在抽动着，好像哭了。

那一刻，我觉得他很熟悉，像过去的自己。

年少，在很长一段时间里，我有和他相似的经历。生命里总会到来许多玩伴，但后来他们又默契地悄悄远离我。原因就如公交车上小胖墩儿的妈妈曾经对他说的一席话："别跟穷人家的孩子玩。"

物欲横流的时代，容易催生出许多畸形的价值观念。在一些人眼中，穷人约等于坏人，唯恐避之不及。

那时，我家究竟是有多穷而使尚且还小的我成为一个"坏人"？

家里的穷，单从房子就能明显看出。宅子简陋，门是用几块木板钉到一起的，上面裂纹遍布，父亲便刷上绿漆，但没覆盖住，过段时间又条条毕现。墙壁是用很大的石板立着围起来的，有很多缝隙，小虫子都喜欢往里钻。后院是个长方形，面积不大，只够种一棵槐树跟栀子树。台风过境时，整座宅子有种快被掀开的感觉。瓦片飞着，相互碰撞，掉到地上变成碎片，如同光阴的死者。院子里的树木花草都使劲摇晃着枝叶，好像一群被苦难折磨得要死去的人，不断挣扎、乞求。老旧的墙壁经常落下尘土，谁走过，都要随手往身上拍一拍。

这些年，到过许多人家里做客。去比我家条件好的人家，每回总是小心翼翼,该穿什么衣服,用什么样的谈吐,鞋子脱不脱,喝茶时的动作,目光要安放在哪里,光想这些问题就已绞尽脑汁。到一般人家,对我来说,便很舒服、放松,做什么都行,没有谁会计较,自己就像是回到了最初的那个家,破落却温暖。

春天的时候,母亲会在院子里架起竹竿,将冬天里存放许久的衣物、棉被拿出来翻晒。经常见到她捧着一盒针线,走过一件件被春天的阳光晒着的大衣、棉裤,仔仔细细检查,见到衣线松了的或是掉了纽扣的,她便停下来缝补一会儿。我望着她的背影,被日光浆洗得透亮、干净,她认真地生活,为了我们每一个人。

那时,岁月也是一树落也落不尽的槐花,细细密密的花朵像雨点一样填满院落。我和母亲躺在床上,时间仿佛也跟随我们躺下,动也不动了。我没有想到未来,也没觉得自己会长大,以为日子就这样绵延下去,自己会一直住在这座小小的宅子里。窗外的槐花、栀子花尽情开落,我所有的欢喜、呼吸,都连同它们被风吹起时发出的沙沙声,融到一起,分也分不开了。

人之初生,有美丑妍媸,有贫穷富有,上天看似有些不公平,但活在这天地间的众生,悲喜始终是平衡的。穷人也有富人无法拥有、即便用权势金钱也无法兑换的快乐。在漫长的贫困期里,总给我带来快乐的是父亲。

记忆中,父亲常把年幼的我放在老式凤凰牌自行车前面的杠子上,他两手握住车头,风一样呼呼骑出去,带我去买糖果,或者去山间、海边游玩。那时觉得世界上跑得最快的交通工具就是父亲的自行车了，一有大风吹来，我就坐在车后座上兴奋地喊："爸爸，爸爸！再快点，再快点！"我用手环住爸爸还很细瘦的腰，闭上眼睛，觉得自行车飞起来了，越来越高。底下的房屋、马路、河流都变得很小，像玩具。父亲好像骑着云，我坐在云上，心中止不住快乐。

2

上小学时，父亲的几次创业都以失败告终，赔上了家中所有积蓄，他上山当了石匠。为了偿还债务，我们原本便不宽裕的生活变得雪上加霜。记忆中的饭桌上只有两三个小碟子，盛着虾米、咸菜、鱼露、酱油，没有一道荤菜，一家人三餐都如此度过。因为营养不好，我跟我哥都比同龄男孩子瘦小。父亲就和母亲商量从他挣得的钱里抽出一部分，给我们兄弟俩订牛奶。他又从山上砍了些木头回来，在门前的水泥地上搭了个简易的篮球架，自己跑到大街上抱回了一个篮球，扔到我哥怀里，笑着说："以后我就带着你们哥俩打球了，你们要长得高高的。"之后，家门前的篮球场上总是充满笑声，三十多岁的父亲在自己造出的球场上就跟个孩子似的，逗我们俩玩。

虽然后来我跟我哥也没见着长到多高，但因为有父亲的爱，我们心中的林场比所有小孩长得都要高，都要有生命力。

一直记得屠格涅夫《麻雀》中的一个片段："忽然，从附近一棵树上扑下一只黑胸脯的老麻雀，像一颗石子似的落在狗的面前。

它全身倒竖着羽毛，惊惶万状，发出绝望、凄惨的叽叽喳喳的叫声，两次向露出牙齿、大张着嘴的狗跳扑过去。"庆幸父母亲臂膀足够有力，为我们撑住贫穷的屋檐，庇护着我们每一个小孩，让我们得以顺利成长。

在我十三岁的时候，生活略有些改善，我们搬家了。父母用熬着苦日子攒下来的积蓄，在离旧家两百多米的地方盖了两层水泥房，十年后房子又增至四层，外围贴了瓷砖。贫穷似乎穿上了一件像样的衣裳，没有人再望见里头骨瘦如柴的日子。只有我们家中的每个人都深深知道，我们不曾远离穷日子，它虽如候鸟越飞越远，但始终没有脱离我们的领空。

由于我们一家人过惯了贫瘠的生活，即便到了命运要补偿我们的时刻，我们也不知道该怎么生活。母亲最大的爱好还是在街上小店找便宜的布料，然后拿回家自己做衣裳，听着缝纫机发出的声响她就很开心。而我工作后，常常拿一千块钱买好几袋衣服，却一件也没法穿到读者见面会上。哥哥有了自己的家，却也不买太多物事摆设，走进屋内，始终空旷；姐姐则相反，家里挤满各式电子产品、家具、盆栽，像个小型超市……

3

我明白无论时间如何过去，环境怎样改变，骨子里有些东西是剔除不净的，但它并不是贫穷带来的悲哀、绝望，而是它所带给我们的厚重与踏实，让我们身处这个复杂多变的时代，都觉得心里

Chapter 1
青木桌上的男孩

有底。

桌上剩的一个馒头,你让我,我让你;牙膏快用完了,也要用牙刷柄从尾处至瓶口滚一遍,挤出最后一点;趁芥菜便宜的时候买上一大把,择一部分炒虾米,剩下大部分留着做咸菜……漫长的贫困期让我们懂得了一种有别于他人、更值得回味的生活方式,每个人都能用心活着,惜物惜福。

回了趟旧家,慢慢走到破落的屋檐下,看见父亲用绳索将有些倾倒的墙壁捆绑起来,门前的槐树还像过去那样撒落星星点点的花瓣,落在我肩上,像一声又一声轻柔又熟悉的安慰。

回顾那些因为物质匮乏而难挨的时刻,那些被同龄孩子大声嘲笑"你家那么穷,大家不要跟你玩"的时刻,那些一家人相依为命从遍地荆棘的夜路走向黎明的时刻,我的眼泪悄然间滚落下来。

艰难的生活使我们物质有限、想象有限、审美有限,但我们所感受到的世间温情不比富人少过一分,甚至多于他们。

那时,捆绑我们的那根绳索叫贫穷,也叫温暖、陪伴、爱与珍惜。

藏在芭蕉里的父亲

> 马尔克斯说:"一个人最初和父亲相像之日,
> 也就是他开始衰老之时。"
> 但我更愿意将这"衰老"理解为"成熟"。

1

小时候,我常常认错一些事物,比如五岁时在超市水果架上第一次看见香蕉,才知道自己之前吃的都是芭蕉。

二者模样相似,未成熟时表皮青青,成熟时都显金黄。但细细一瞅,还是会看到差别,香蕉和芭蕉外形都呈弧形,但弯曲程度不同,香蕉为明显的月牙状,而芭蕉弯曲程度较小;再用舌尖一尝,香蕉回味香甜,芭蕉则略显酸味。

故乡的山上长满芭蕉树,一到结果时节,村里的小孩便呼朋引伴,奔向山野,采摘芭蕉。见已成形,也不在乎颜色还很青青,就使出浑身力气生拉硬拽,要把满树的芭蕉都带回家。芭蕉树感到疼

Chapter 1
青木桌上的男孩

了,喷出浓稠的液体到孩子们身上,有时溅到眼睛里,非常麻,孩子们大声哭起来。也有一些孩童非常聪明,身上带把小刀,不费太多力气就割下一串又一串的芭蕉,最后小身板上背着满满一袋子,踩着暮色唱着歌谣回家了,脸上幸福得要命。

果皮青涩的芭蕉不能立即吃,需要存放在米缸中一段时日,等它熟透才能入口。母亲爱干净,见我摘回的果实沾着许多灰尘,便用帕子认真擦拭表皮,之后再放入米缸,在白花花的缸内挖出一个坑,将芭蕉埋入,再用白米覆盖,堆了一层又一层,像藏起一个又一个苦涩的秘密。过了三四天,芭蕉就有些熟了,若是嘴馋,憋不住,也能尝尝了,虽仍有些涩味,但舌尖多半品到的已是甜了。

成熟的芭蕉,果皮发黄,熟透的便呈焦黄,根部还带着些黑,如日子被烧焦的边缘,早与当初判若两样。虽失去青涩时的模样,但成熟的芭蕉,剥开已被岁月侵蚀的表皮,果肉绵柔,口味香甜,塞满小嘴,顿觉日子厚实。

那时常和我抢芭蕉吃的是父亲。青年时的他,眼里带光,身形清瘦,双脚有力地蹬着自行车,在生活的城池内外飞奔,还不曾想到自己中年后大腹便便的模样,像被岁月不断塑造的雕塑,到了某个阶段岁月厌弃了,不愿再捏他,便一把将父亲摔在地上,成了一团瘫软的泥。

可能是因为嘴大,父亲吃芭蕉的速度非常快,我刚用小手剥开皮,正想对他得意一笑,却见他喉咙一滚,一根芭蕉顿时不见踪影。接着,父亲又看着眼前余下的芭蕉,我立即用手护住。父亲有双水牛似的大眼睛，一转，我也看得清，他有想法了，学着《西游记》"五庄观偷吃人参果"一章中八戒的话，跟我说："刚刚吞得急，忘了是什么味道了，再吃一根，好吗？"我噘着嘴巴，不理他。他又央求，我便扯下一根最小的给他。父亲耍赖，凭着自己力气大，一把夺走我手里所有的芭蕉，我哇哇哭起来。母亲听到哭声，急忙进屋，将父亲责骂一通，父亲像小孩挨了批评，顺道扔了个眼色过来，示意都是我害他的。我擦起泪花，笑了。

父亲那时已经是三个孩子的爸爸，却仍像个男孩，少年心性还未泯灭，带我们去爬山，仗着腿长，一溜烟就跑到我们前方，一拐弯，就见不到他了。我们害怕迷路，站在原地喊他，随后他神气地站在我们面前。他带我们去海边抓螃蟹，不小心被螃蟹夹住了手指也不掩饰，当着我们的面惨叫起来。他真是个缓慢成长的大人哪！

2

七岁那年，我们家如一艘搁浅的船，困于生活的泥沼中无法前行，父亲似乎一夜之间变得成熟稳重起来。

因封山管制，无法再上山采石，村里众多石匠都失业了，父亲也是其中一个。突然间不知道自己要干什么了，生活如何继续，在那个微凉的黄昏里，他一直蹲在家门口，鸽群盘旋，一遍一遍，他没忍住，哭了，直到见我们放学回来，随即擦走泪花，站了起来。父亲没再像往常一样扑过来，抱起我们，他心里没想好怎样面对我们，只一个转身，进屋了。我在他身后一直喊："爸爸爸！"他始

Chapter 1
青木桌上的男孩

终没有回头。那天过后,父亲脸上的笑容,像一条又一条的鱼被日子渐渐捕光。

为了减轻负担,身体瘦弱的母亲开始到街上摆摊卖食杂,整日起早贪黑,面容越发憔悴,而父亲也因暂时找不到工作,便跟着母亲一道早出晚归做这小本生意,搁浅的船只暂时又驶进了生活的洋面。

3

我的旧家是用石板拼接起来的小宅子,只有一楼,异常破落,每逢台风过境,屋瓦极易被掀翻,屋内漏雨严重,摆满脸盆水桶,叮咚作响。盛夏时节,也常有蛇虫从附近田地溜到房中,父亲抓过几次,我们一家人看得心惊胆战。

等我上中学后,父母决定在祖父留下的那块地皮上盖楼房,搬离旧家。父亲找来叔叔,商量买他那部分的地皮,叔叔让父亲先盖,不用提钱。结果,我们家刚盖一层,叔叔就醉酒提刀来讨债,我永远忘不了他手上那把菜刀是如何一次次逼近父亲的,那架势俨然已不把父亲当作兄弟。在物质金钱面前,一个家族的情感纽带就此被砍断。那年我十三岁,看见父亲脸上已经没有眼泪了。

高考那年,我的情绪反复无常,整个人像陷入荒漠且找不到归向的骆驼。将我拉出来的,是父亲,他用他的臂膀,用他的成熟将我环抱。

那个一直落雨的五月,深夜,我埋头在无止境的作业里,窗外的棚布被敲击得噗噗直响，我的情绪糟糕透顶，如将自己囚禁于笼中，那种压抑感使我挣扎起来，摔了椅子，奔到阳台上淋着大雨，似乎才舒服些。父亲见状，如一只老鹰扑过来，将我护在他的翅膀下。曾经的开朗、快乐都远离我。父亲用那双布满茧子、粗糙的手帮我擦眼泪，说："爸爸在，坚强点，一切都会好起来！"现实境况将人逼至死角，我束手无策，任它欺凌，幸好父亲在，给我温暖和力量，使我足以在那年六月——还击。

在之后的人生路上，我渐渐远离父亲，独自南北奔波。时常被这世界欺凌，碰过壁，受过伤，只能独自熬过四季的诸多时辰。

读大学时，同住一屋的室友身上毛病不少，最让我难以忍受的是他们每晚此起彼伏的呼噜声，如山压在我胸口，我辗转反侧始终无法如儿时那样安然入睡。一个月后，我精神涣散，像缕烟，轻飘飘的。一边流泪，一边想给父亲打电话，但最终没有按下呼叫键。因为想到拖着拉杆箱离开家那天，在心里对自己说的话："十九岁了，不许想爸爸，想妈妈，必须一个人去面对这个世界！"不久后，我搬出了学校寝室，一个人来回折腾，做好所有事情。在简陋的出租屋里，我将一株绿萝摆放好后，看着屋内的布置、镜子中的自己，一边笑，一边哭了。

4

工作后，有天带着学生外出采风，在重庆解放碑迷路了，中途还收到领导因我一次课上的无心之失发来的处罚通知。在不断徘徊

> Chapter 1
> 青木桌上的男孩

的时刻,江风似乎从四面八方吹来,将我吹得越发单薄、迷茫,我只盯着自己并不干净的鞋面看了许久,身旁的学生都在喊我:"老师,老师,我们怎么回去?"当时,无助的我一抬头就看到高楼如巨人屹立在自己面前,自己就是一只活生生的蝼蚁,在游人如织的街边喘息,心里想着:所有的过去都已回不去了。多希望父亲在,拉我一下。但举目四望,人群中并不见那熟悉的身影。

那天夜里,支撑我拉着学生匆匆奔向重庆北站的是,想到父亲身上对他的孩子有过的爱与责任感。我看着学生瞳孔里那一道自己的身影,像望见了父亲曾经的样子。

5

马尔克斯说:"一个人最初和父亲相像之日,也就是他开始衰老之时。"但我更愿意将这"衰老"理解为"成熟"。

成熟意味着一个人在与时间周旋后,呈现出平和、笃定、稳重的姿态。褪去伪饰,不再为努力证明自己而将生活变成一峰疲倦的骆驼,不再因人间莺歌燕舞、纸醉金迷的诱惑而犹疑彷徨,不再冒失、过于自我、逃避责任,学会将严寒气候里挫败和痛苦凝结的冰霜,化为勇气与力量交织盛开的繁花。

回忆起幼时被放入米缸的芭蕉,为了成熟,进入黑暗,经过温度的起伏,承受压力的考验,换下青涩的衣裳,抵达我们的舌尖。它们用最后的香甜表达着自己这一路成长的感谢。

一想到这世间所有的草木都在岁月的园中瓜熟蒂落,总觉得父亲会站在某棵芭蕉树下,等我前来,把这些在风雨中长好的果实一一放到我手里。他不再像年轻时那样跟我抢夺这些芭蕉,也不会再把我弄哭,而是认真挑出表皮已显金黄的几根给我,并轻轻说道:"吃吧。"

父亲静静站着,看着我吃,每一口都有他饱含深情在日子的沃土上浇灌出的成熟清香。他嘴角略微上扬,笑容里种着未来的春风。

Chapter 1
青木桌上的男孩

记得摸摸这儿

> 不知道是从哪一秒开始,母亲痉挛的手臂正努力抬起,
> 最后紧紧按住身上的一个地方。我看得很清楚,
> 那是胸口,是心脏跳动的地方。

1

我从小就是个迷糊鬼,母亲要我到菜市场买韭菜,我拿回一捆葱;坐公交去亲戚家,常常睡过站,被司机叫醒,下了车不知道自己身在何处;父亲在我面前演示割稻子的细节,我没瞅几眼,就拍着胸膛说行了,结果手法不对割坏了一大片稻田,被父亲满田间追着打。

迷糊的表现,长大后仍不见好,想着这一生如果要一个人过,注定很艰难。

"你需要遇到一个能照顾好你的姑娘,有她陪伴你,我才放心。"母亲在我离开家去大学的前夜,一边缝着上衣内兜,一边跟

我说。

  那时母亲没有工作,每天在房子里进进出出操持家务。我时常会看见她为上山干活的父亲缝补做工时扯坏的衣裤。母亲脚踩缝纫机踏板发出咯噔咯噔的声音,终日在屋子里回荡,我童年的时光也因此如幼童上下轻碰的牙齿,发出清脆的声响。

  母亲第一次为我缝衣服内兜,是我六岁的时候,准备一个人去外婆家。她反复问:"确定不要我带着你去吗?"我点点头,露出小男孩自信的神色,回答:"妈妈,老师说我们长大了,可以自己走路了。"母亲听着,笑容下仍藏着忧思。

  我们家离外婆家路途不算远,母亲虽同意我独行,但还是怕我迷路、丢三落四,就在我的衣服内侧又缝了个兜,把钱跟写有家庭住址的字条放了进去。我走之前,她又握着我的手,将它放到我的胸前,不断叮嘱:"买票时,迷路时,记得摸摸这儿,靠近心脏的位置。"我又点了点头。

  上大学那年,母亲仍像过去一样,在我临走前为我缝制上衣内兜,她脚踩着缝纫机踏板,像踩在时间的琴弦上,为我弹奏出从前一样生活的旋律。针头在衣上缝了一遍,她想想,又用力踩下踏板,来了第二遍。然后,母亲塞进一沓纸钞和一张银行卡,把衣服交给我,指着我的胸口,说:"要记得摸摸这儿,心脏跳动的地方。"口吻宛如昨日。

  我读大二时,母亲先是到村里新开的超市当导购,起初生意还算不错,每回给她打电话,母亲总在笑,说老板喜欢她这样服务态

Chapter 1
青木桌上的男孩

度好、干活又勤快的员工，说自己又加了多少工资。但村子里很快又接连开了几家超市，竞争残酷，母亲工作的地方经营状况不佳，需裁员，母亲年纪大，被辞退了。她随后又去自己表妹办的纺织厂工作，成为"亲戚家的仆人"。

  厂子在海边，母亲每天得很早起来，坐上乡下小巴士，半小时后，到达目的地。日常除了要挑纱、剪纱、看守机台外，她还要帮忙做饭、打扫厂里卫生。起初她怕我们担心，从不说后面的事，直到有天受了委屈，回来没忍住，流着泪吐了苦水："我的胃有点不好受，就把饭煮得久了点，结果那帮年轻工人就抱怨起来，说我做饭难吃，我表妹也不帮我，还当着那么多人的面数落我……"父亲听完，说自己能养活一家人，不许母亲再到她表妹厂里干活。但翌日一早，母亲给父亲煮好粥之后，又匆匆忙忙赶车去了。

2

  母亲的身体一直很柔弱，岁数一大，便显现各种问题，日常怕冷、易感冒、腿脚使不上劲儿、消化功能日渐衰弱……她像老旧的钟表，越来越多的部件都被日子损耗得不复当初，但母亲都挺过来了，于是时间狠狠加重了对她的欺凌。由于长期在外忙碌，回到家又得辛劳操持，母亲背负的压力太大了，终于累垮。

  一天晚归后，她在厨房做菜，只听得菜刀在砧板上熟练剁了几下，突然"咣当"一声，刀掉到了地上，母亲晕倒在地。父亲连忙叫来村子里的医生，医生在开了一剂缓解贫血症状的药后，悄悄跟父亲说:"刚刚看她全身抽搐,估计神经方面有些问题,最好带她去城里大医院瞧瞧。"父亲的脸色变得有些沉重,第二天就放下山上的活儿,带母亲去了市医院,才知她有阿尔茨海默病的前兆。

从此,母亲过上了整日需要药物维持神经稳定的日子。其间,母亲曾想过对这样的生活进行反抗,她私自停过药,但带来的是悲伤的场景:她的身体、情绪都不受控制,全身痉挛,失去知觉,开始傻笑,呆呆地望着这个世界。

3

有时,我宁愿她不是我的母亲,作为这个贫困家庭的女人,她过得实在太苦了。她困在"母亲"这样的角色里,身上带着不亚于男人的责任感,拾起受潮的火柴,用粗糙的衣服一遍遍擦拭,又在现实这个冰冷暗哑的火柴盒两侧一遍遍试图划出声响。点出火光了,却是在燃烧着自己的青春、信仰、希望和爱,直至燃尽一个女人余生所有的喜乐悲欢。

从我呱呱坠地,她就是我的依靠,是承载我一切笑声与哭泣的船身。只因她是母亲,她要在我成长的漫漫长路上,付出多于父亲数十倍的细心、关怀,把自己投入岁月的熔炉,铸成我的后盾,承受我向前的目光无法瞥见的后方凶险。多少风雨中,她咬紧牙关,我看不见;多少暗夜里,她在哭,我的耳朵也听不见。

我时常在想,对于一位母亲,一个少女是要有多勇敢才能面对这样的身份、接受一个难以想象的人生境地啊?

Chapter 1
青木桌上的男孩

那时的她还是个在海边礁石上挖牡蛎的小女孩，扎着两条辫子，面颊因海风常年吹袭略显得黑，但瞳孔莹亮，似乎装满万千星辰。她认真撬开一个个坚硬的牡蛎壳，一旦发现宝贝了，就快乐地唱起歌。大海在她身旁，年轻得如同她的姐妹。

那时的她是个跟邻居阿哥跑到厦门学粉刷的姑娘，一到下班时间，马上丢下刷子、油漆桶、头上那用报纸折的"济公帽"，脱下被颜料沾染的工作服，换上白底小碎花上衣、黑色喇叭裤，在鹭岛的大街小巷尽情溜达。偶尔一朵木棉轻轻落在肩上，都是世界给她的一个吻。

就是这样的少女，她想好要变成一个妻子、一个母亲、一个不再被生活宠爱的女子了吗？谁也不知道答案，只是看着她被命运推进一扇锈色斑驳、裂纹遍布的大门，那个少女就永远没再出来。自此，她藏起所有的快乐、明媚、委屈、心酸，举过一个个脸盆，放在漏雨的房屋里，擦着身上不知是雨水还是汗水的液体，沉默地听着爆竹响似的雨声，噼里啪啦。

4

我工作后的第一年国庆节，带母亲出门旅行，去了厦门。怕我们在人海中失散，我便在她的上衣内兜里放了一张联系卡，像小时候她交代我那样，我提醒着她碰到情况就拿出卡片请人帮助。母亲点点头。

厦门是母亲少女时待过的地方，如今再来，她有些认不出了，在一个地方站立许久，仔仔细细看了几遍，她才恍然大悟似的，激动地喊道："就是这里，就是这里，我来过，来过的……"只是在这激动之后，我常听到她的叹息："都变了，变了……"

走在中山路街头，人流如织，房影绰绰，母亲看得眼花缭乱，晕眩极了。突然，她抽开我的手，全身瑟缩，嘴里咀嚼起来，眼睛里充满婴孩似的虚无，呆呆看着人来人往，望着这个世界。母亲犯病了，她认不出我了。

我一只手紧紧牵住此时已变成孩子的母亲，一只手从兜里掏出一张纸巾，擦着她嘴角流下的一点口水，平和地看着眼前的她，真的太像个幼童了，让人心疼。也不知道是从哪一秒开始，母亲痉挛的手臂正努力抬起，最后紧紧按住身上的一个地方。

我看得很清楚，那是胸口，是心脏跳动的地方。

"买票时，迷路时，记得摸摸这儿，靠近心脏的位置。"

年少时，母亲常嘱咐我的话，无论何时，她都记得。

Chapter 1
青木桌上的男孩

再见，黄昏里的男孩

多年以后，在生命的某个黄昏，我们终会发现，
怀念年少并不是一件矫情做作的事情，而是让我们明白，
回忆过往的遗憾会使我们避免未来更大的遗憾。

1

这么多年过去了，年少的记忆仍如眉目清秀的少年，不时敲响我的房门。而在我开门的一瞬间，他又消失不见，与我捉着迷藏。

我出门找他，穿过一棵巨大的榕树，竟然走到了从前憧憬过的一中门口。已是落日时分，树梢间投下星星点点的余晖，有几束光打在校门上，又投射到我眼中，有一种无比辽阔的灿烂像海水覆盖了所有。

此时，一群穿着整齐校服、面露自信笑容的学生正走出校门，接二连三穿过我，我在人潮中央如一座岛一动不动。起风了，四周年轻的身影裙裾摇摆，衣袂飘飘，我心中却泛起阵阵苍凉。

都会有，都会好

我向着风吹来的地方看去，是和L散过步的操场，是和他吹过风的教学楼天台。那个眼神清澈、稚气未脱的少年，青涩的面庞逐渐清晰，我刚开口喊他，他就碎成光点，与这所有的风景一道消失。

一切如梦，醒来，眼前是这么空，只摸到眼角尚潮湿的泪痕。活在记忆中的那个我始终是梦想不死的少年，都过去十年了，他还握着不可能再实现的梦站在我十七岁的路上。

初三的那年秋天，我的梦里全是一中，多少次站在它的门前，想进去，却被保安拦了下来，说我不是那里的学生。我一声不吭地在门前站了很长时间，睁大眼睛望着这座金色山峰，跟自己说，我一定要攀越它，一定要考上一中。这个念想像汹涌澎湃的海水不断在我心间激荡。我要身披铠甲，竭尽所能，剑指前方，抵过百万大军。

此后，时针所指的任何方向都是它。我制定了非常严苛的作息，恨不得连吃饭睡觉的时间都省了，发了疯一样努力背书做题，不断地总结自己失误的地方，桌上教辅材料、笔记本日渐高筑，终于，我的身体有些吃不消了。

有一次，凌晨一点，我倒在了书桌上，我妈听到响声进来，吓坏了，将我扶起，用手摸我额头，说发烧了，立马叫醒我爸，背我去了医院。头昏脑热的我在路上竟然还吵嚷着："数学还没做，我要回去，我要考第一，我要去一中！"我爸当我是在说胡话，背着我走得更快了。

Chapter 1
青木桌上的男孩

随后，我不再跟自己的身体死磕，开始调整作息。每当内心感到压抑的时候，我就去找P或L谈心。我俩会骑上自行车去林间，喝着可乐打着年轻的嗝，聊着自己喜欢的动漫、电影和小说，也常常吐槽学校里行为特别的同学跟老师。

回来路上，我们经过一座桥，我仰起头，对天空喊着："如果我考上了，我一定要请你吃遍一中附近的所有美食，你要喝多少酒，我都陪你。"L咧嘴笑着，应了声："好！"仿佛这场盛大的奔赴能给十七岁画上一个圆满的句号，走进那扇校门，是我成长最隆重的一场仪式。

2

在那些苦苦奋斗的岁月里，我像耗尽了一生的力量在暗夜流光里匍匐向前，等待着那扇门向我敞开，但命运在那时把我带到了另外一个方向。

在初三下学期的几次模拟考中，我没有考出可喜的分数。班主任告诉我，虽然这几次成绩有些滑坡，但都在年级前十，她让我参加侨中的保送考试。"老师，我想……去一中。"我弱弱地说了一句。她说："每年能去一中的同学基本都排在年级前五，老师不想让你太冒险。侨中也是省一级达标高中，你如果能保送成功，也很不错。"

"冒险"这个词像一块布蒙住了我的眼睛，又像一把火将我之前的努力和自尊焚烧殆尽。我妥协了，参加了另外一所高中的保送考试，发挥得并不好。我想自己还可以参加中考，决心考上一中，向所有人证明自己，可当班主任把保送考试的录取通知放到我手里的那一刻，我知道一切都不可能了。

之后岁月云淡风轻，直到L把他的高中录取通知书给我看的时候，我脸上带着笑容祝福他的同时，心里流泪了。是的，朋友考上了我心仪已久的高中，我看着录取通知书上的每一个字，多想左上角"××同学"那一行写着自己的姓名。

脸上的表情终于撑不住了，我当着L的面难过地哭了。L见了，立马把通知书收起来，跟我说："其实你可以的，我知道。"我摇了摇头，之后抹去泪水，问他："我想进去看看，你以后能带我进去吗？"L把手搭在我肩上，说："开学后，我就带你去。"

3

我无法忘记那一天，L带我走进那扇校门。余晖给墙壁镀上金边，秋风扫下红叶到了脚边，我曾经幻想过无数次自己能走在这条路上，站在岁月洗礼多时的红墙边，举目四望，感受着一生中可以凝结为永恒的时刻。我可以在六平山脚自由奔跑，可以眺望不远处高架桥寻找未来的方向，可以住在古朴的宿舍里听雨、翻书。但现实告诉我，我只是这里的过客。

那天傍晚，我和L站在刮风的天台上，拿起空的饮料瓶，对着落山的夕阳，看了好久。他说三年后自己要考名校，然后出国。我突然低下头，并不知道未来会有什么在等我，我只记得那一刻，黄昏、操场、隐没的夕阳、归林的群鸟，我和L站在一中的世界里，天色将晚。

三年过后，我跟朋友散落在东西南北。我去了东北的一所大学，读了四年书，又去了西南读研，L依旧留在南方念书，后来毕业当了气象员。我们各自有了新的朋友和生活圈子，甚少联系。

4

研究生毕业后，我到重庆的一所大学任教。那个寒假，我又来到昔日向往的高中校门前，想起L曾经说的，如果高中毕业后，你还想来这儿，就跟保安说你是校友回来看看母校，他们会放你进来的。我照他说的做了。

这一次，我独自穿过校门，那扇承载过我年少希冀的门像时光的入口，一踏进，我的二十岁不见了，我的十七岁回来了。绿树荫荫，红墙幢幢，白色瓷砖铺设的教学楼还似当初模样，我独自在六平山下的操场坐了一个下午，远处高架桥上的车辆疾驰而去，那样仓促，像记忆中訇然长逝的遭遭人事，我在俗世仍很笨拙的手脚被将晚的天色收藏。

晚风像故人抚我肩膀，又向我耳边喃喃，头上花枝似乎听到了陈年往事中精彩的某一节，喜悦微颤，送下一些细细碎碎的花瓣到我膝上。我捡拾它们，拼出一个圆，是树梢上环绕的云烟，是傍晚落日的形状，是那一年故事结尾没写上的句号，又似乎是自己与青春和解后的笑脸。

都会有，都会好

　　风又吹来，拂去那一个圆，也拂去当年的迷惘、妥协、失落、不甘，以及早该被时间清扫的尘埃。

　　多年以后，在生命的某个黄昏，我们终会发现，怀念年少并不是一件矫情做作的事情，而是让我们明白，回忆过往的遗憾会使我们避免未来更大的遗憾。所有难挨的夏天都会过去，所有的不堪、懊悔也会在某一刻被自己一笑置之。曾经的少年，终究是要长大的。

　　那一扇自己曾执着于要走进的门，现在我已走出。头顶，是辽阔天宇与熠熠星辰。我看了一眼校门前被华灯照亮的学校铭牌后，就转身离开，没再回头。

　　前面是一条通往更大世界的路，我微笑着走去，心里始终回荡着一个声音，是当初L对我说的那句话："其实你可以的，我知道。"

Chapter 1
青木桌上的男孩

住在声音里的彼得·潘

> 忍耐一切的嘲讽，承受一切的目光，伤心也好，失落也罢，就当作是这世界为我们所织的长衫，披在身上，前行。等时间的魔术师将身旁所有人都变成一样时，我们就是辽阔宇宙中与众不同的行星，一颗颗都分外璀璨。

1

你见过天将破晓时半明半暗的曙色吗？我见过。

在高一那年的冬天里，冷风刮着宿舍楼道，有未被关上的窗户在风中呼呼作响。楼道上除了我，没有别的身影。我对着清晨严寒的空气，念着《哈姆雷特》中的一段台词。这是我进行的第十五遍练习。下午，学校的话剧社将进行演员选拔，我喜欢的人也会参加。

我期待自己和对方都能被选中，最后登上舞台，让镁光灯照亮我们，让底下的人都能看到我们的表演，祝福我们。

这些念头成为那段时间我心脏跳动的全部意义。我忍受寒冷和孤独，任面颊通红，声带不断受到磨损，依然矫揉做作地念着书中台词。我告诉自己千万要加油，才能穿越人海自信地站在她的面前，望向她瞳中的银河。

但很快，现实将我拒之门外，而她进了门里，正跟被选出的男主角一道排演。我无法忘记自己在发出第一个音的时候，话剧社社长将我打断的场景，他带着笑，跟我说："你不适合，你的声线只能演小孩子，哈姆雷特这样历经沧桑的角色，需要成熟的音色。"他一语落地，围了一圈的众人都不禁跟着笑。我脸上像挨了巴掌一样疼，我低着头，从人群中走出，走到学校的一处角落，见无人，便哭起来，胃都在跟着抽搐。

我留恋青春期抵达前的所有时光，在没有特别区分性别的岁月里，我可以大胆地牵着女孩子的手做游戏，可以穿着姐姐的"恨天高"在家附近神气地晃荡，可以偷偷拿妈妈的口红在脸上乱涂乱画，当然，我的声音在那时没有人会觉得有问题，相反，我还嘲笑某些提前发育的男孩子声线沙哑，像鸭子嘎嘎叫。

到了五年级，因为声带比一般男孩子细，发出的声音格外清亮，再加上学习好，各科老师都很喜欢我。语文老师把我推荐到学校广播站去，我成了唯一的男生播音员。

在这样的地方，我很快找到了声音带来的快乐。我模仿电视主持人，挤出情感拿腔拿调朗读各种文章，有时捏着嗓子，有时又故作低沉，完全沉浸在自我声线构成的世界里。这样的播音生活一直延续到初三，没有接到任何投诉，相反，还得到众多人的赏识、

Chapter 1
青木桌上的男孩

表扬。

但在中考前的一次播音结束后,我突然意识到自己声音的问题。那天我像往常一样走进学校广播室,按下话筒,朗读了一篇亲情文章:一位母亲辛苦养育孩子,到了一定岁数后,被生活折磨得疯了,遭到村子里孩子的欺凌,儿子回来见到,不禁抱住母亲大声痛哭。

读着读着,自己的眼泪都要湿透桌上的广播稿了。我想教室里一定会有人为此痛哭流涕。想到这里,心中竟很有成就感。

我愉快地结束播音,出来时,见到两个男生在一旁,一边看我,一边相互嘟囔:"看到了吧,是个男的,刚刚那篇文章就是他读的。"

"真的吗?可是我真的不敢相信他声音是那样的。"

"你自己也看到了,从广播站出来的没有其他人了,你输了,必须请我吃饭!"原来他们是拿我的声音打赌,我觉得自己像是受到了羞辱,便难堪地走掉了。

那个晚上,我没再开口说话,一个人绕着操场跑了很多圈,双手撑着膝盖气喘吁吁,周围有人跑过,我怕自己喘气的声音被他们听见,使劲儿憋着。

之后,我越发觉得自己是被上帝遗忘的孩子,他忘了塑造我的声线,让它还停留在昨天。我开始越来越不敢开口跟别人说话,怕他们窃窃私语,怕他们嘲笑我,内心的门窗逐渐被锁住,越来越紧。

直到上高一的时候，见到同学L，一个喜欢朗读课文的女生，声线温柔甜美。每次她一念字句，感觉海风都吹来了，我们正坐在甲板上，在大海中央摇晃。她想去演话剧，我便想跟着。谁知结果不尽如人意，我沮丧极了，躲入一个角落里，灭火似的哭起来。

后来我遇见G，他专门从话剧社跑出来找我，见我在哭，便跟我说："你声音很好听，非常干净，我个人很喜欢，想找你去广播站播音，不知道可以吗？"我原本都放弃了当播音员的想法，没想到G的出现给我带来了绝望中的一丝慰藉。我想出一口气，对着话筒大声喊出自己的名字，让那些否定过自己的人听见，我需要让人知道自己并没有被他们的目光和嘲笑击垮，我重新活过来了。于是我擦干眼泪，对G点了点头。

G长相清秀，额前微长的刘海被风吹开。他仿佛周身带着光，一笑，岁月就明亮起来。

我庆幸自己黯淡难过的时光有了G的陪伴。他的声音好我太多，声线有些少年老成的沧桑，是我满怀期待长大后能拥有的音色。他吉他弹得很棒，每次班级表演节目时总少不了他的身影。G喜欢唱民谣，最擅长的是宋冬野的歌，一首《安河桥北》赚取了太多人的眼泪和赞美。

2

进入高中广播站一段日子后，我深知自己播音水平非常一般，但G总在鼓励我、理解我。他说我的嗓音清亮，像周琛、吴青峰。

Chapter 1
青木桌上的男孩

"不要刻意压低声线,隐藏自己身上的独特性,那正是我们记住你的地方。"我永远忘不了在一次播音结束后,他对我说的这番话,像穿越人海的星光落在我的肩上。

如今,我的同龄人都已陷入生活的泥沼里,被俗世灌入太多的烟火气,模样出落得像他们曾经的父亲、母亲,说起话来,庸俗、粗粝,声音再不如昨。但我还如年少般单纯、青涩。从前厌恶过的声音成了讲台下的学生喜欢自己的一个原因,读者能在我写下的篇章里寻得少年心性,多半也是自己年少的声音不曾遗失的缘故,我在这如光似的声线中轻易就返回过去,拾取种种。

昨天,声音让我变得孤独;此刻,声音使我变得独特。我感谢生命长途中给予我光亮的G。

忍耐一切的嘲讽,承受一切的目光,伤心也好,失落也罢,就当作是这世界为我们所织的长衫,披在身上,前行。等时间的魔术师将身旁所有人都变成一样时,我们就是辽阔宇宙中与众不同的行星,一颗颗都分外璀璨。

你见过彼得·潘吗?来自苏格兰作家詹姆斯·马修·巴利笔下的一个人物,是个会飞的野男孩,带着有梦的少年们在永无岛上冒险。他无忧无虑,天真如昨,永远都长不大。

如果你没有见过他,没事,你可以听听我的声音,他一直住在我的声音里。

都会有，都会好

那场青春，水花激荡

> 我想念那些日光散亮的日子，世界在蓝白色彩间晃动，炎热却不沉闷的午后，瘦削的少年们潜进水中，摆动着他们轻盈的身躯，用水来保护自己，用水来挡开水。

1

高二那年，我因肥胖问题总被我爸嘲笑。

"别人读书越读越瘦，你倒好，越读越胖。"其实我知道他的言下之意，是在说我学习偷懒，没有努力付出。

那是我人生中一段尤为灰暗的日子，在"高考决定未来"的口号下，每个人都在绞尽脑汁学习着。十七岁的自己似乎整天都在暗夜行路，用非常难看的姿态匍匐向前，偶尔停下，像条狗喘着气，对这世界无力反击，不断妥协，不断承受，只能任由身上的怨气悄悄沉淀为体重，作为一种反抗的方式。

但为了不让我爸继续用语言攻击我，我决定减肥。

Chapter 1
青木桌上的男孩

我本想选择跑步,可那时是夏天,出门还没走几步路就大汗淋漓。我不喜欢流汗时全身咸湿的感觉,自己好像成了一条咸鱼在日光下被人翻晒。我想了想,有什么运动是流汗时自己也不会察觉到的呢?好像也只有游泳了。

我找到一个游泳池,在学校后门往北六百米左右的地方,四周被树木环抱,显得较为隐蔽。如果不是当地人,一般找不到这儿来。游泳池大概是二十世纪九十年代所建,装修很简单,露天,只用矮墙和铁栏杆围起来,因为收费便宜,也没见有小孩子为了逃票而爬墙进去。为了躲避众人的目光,我会选择午饭后人少的时候来这里游泳。

当我面对空荡荡的游泳池时,整个人都异常兴奋,觉得这世界只有自己一个人了,长度三十米的水池瞬间成了一片专属于我的海洋,我可以尽情在里面游弋,玩耍。

水面上漂浮着明晃晃的阳光和一两片树叶,突然有张年轻的面孔冒出水面,他站起来,身形瘦削,全身在阳光下显得尤为白净。男孩摘下泳镜,甩了甩头,水面顿时激起无数涟漪。

"怎么突然多了个人?"我被吓到了,用手按着胸口。

"我一直都在这游啊,只是你没看见而已。"他解释道,随后好奇地问我,"你为什么半天站在泳池边上,也不下来?"

我没回答他,尴尬地把目光转到别处,之后跳进水中,水花四处迸溅,像落进一块巨石似的。

"你是不是不会游啊?要不我教你吧?"他见我一直在水里进

行"狗刨",不禁笑起来,但很快止住笑声,看着我。

我很羡慕像他那样的男孩,有清秀的面容和矫捷的身姿,在午后的游泳池里如光一般闪耀。而我如此平凡、笨拙,我没吱声,不敢看他,拉下额头的泳镜,把头埋进水中。他这时游到我身旁,我透过泳镜,看到他在水里朝我微笑。他应该是个好人。我在心里对自己说。

之后,我便跟阿明成了朋友,每回来这里,他都会耐心教我游泳。

2

我一直是个缓慢成长的人,学什么都慢,大概是过了一周后,我才学会真正的游泳。

那天,阿明像平常一样站在水中,用手托着我在水面漂浮的身体。也许是怕辜负他的好意,我努力按照他说的做,四肢有节奏地划水,摊开又收拢,聚精会神目视前方。阿明在旁边继续托着我,不到十秒钟,他突然松开了手,然后站在原地,看着我往前游去,他在后头大声冲我喊着:"对,就是这样!你会了!你会了!"随后阿明也从后面游上来,追赶着我。

水池粼粼发光,一切恐惧就在一瞬间消解。我一下子觉得水中的自己,是在跟随海上的鸥鸟一起扑打着双翅,我们向着远天飞去,向着未来飞去。夏天的游泳池就是一片海,那么辽阔,那么美。原来在这世上,人最大的敌人真的就是自己。

> Chapter 1
> 青木桌上的男孩

阿明告诉我，这个泳池最早是他爸带他来的，那时阿明还是个怕水的小男孩，他爸用尽各种招数诱他下水，都无果，最后只能来个狠招，把五岁的小家伙推到水里。阿明一直哭着，喝了一肚子的水。从那天起，阿明摆脱了对水的惧怕。之后他渐渐长大，一旦碰到难过的事情或者压力大的时候，他都一个人来这里游一会儿，把事情想明白了就回去。但有些事他永远也想不明白，比如大人的情感世界。

"曾经明明那么喜欢彼此，为什么现在看到对方就像仇人一样？"每次一讲起他父母的感情矛盾，他就有些忧郁，眼睛里装满蓝色的海水。

我无法对他说什么，只能在一旁静静倾听。有时见他在泳池边上长久发呆，就故意朝他拍水，拉他下水。我们在水里扑腾，玩闹，真想溅起的水花能冲刷掉身上太多的烦恼与无奈。我们还这么年轻，为什么现实要在我们的泳池里注入这么多悲伤的液体？

3

高考结束后的六月中旬，阿明的父母离婚了，他像一颗弹珠被弹进了一个很深的洞中。

我见到他时，他已经不像过去那样喜欢跟人说话了，当初那个在泳池里带光的少年渐渐熄灭了自己身上的光。当我听到他说自己不久后要跟着他妈妈去国外生活时，心里有个角落颤动了一下，"要走了"三个字，简简单单，却又在我们十八岁到来的夏天里惊天动地。

我望着阿明尚留有一丝光亮的瞳孔,很想拥抱他,也想安慰他,但忍住了,迟迟没有行动。他似乎看出来了,嘴角瞬间露出从前那样的笑容,跟我说:"时间很奇妙,一切烦恼都会过去的,我们能做的就是等待。"我知道此时的阿明已经有了一颗成熟的心。

4

我们最后一次来游泳池,是七月下旬,我拼尽力气拿到了一所北方大学的录取通知书,而高考成绩不佳的阿明已办好所有手续准备出国。我们傍晚时相约来到这里,却见门前一张泳池整修的通知。两个人非常扫兴,耷拉着脑袋。我正准备往回走,阿明在身后叫住了我:"别走,我有办法,快过来!"我转过身去,看见阿明已经溜到泳池的外墙边上。他高兴地朝我挥手,示意我可以爬墙进去。

"里边没人,水池里还有水,我们可以游!"他狡黠一笑,迅即蹬腿上墙,握住栏杆攀爬,身手非常敏捷,即将翻身时他停住,看着底下的我,轻轻问:"你怕吗?"我抬头望着眼中的少年,回答:"你在,我怎么会怕?"说完,两个人一时间都笑起来,那片笑声也点亮了从前的夏天。

顺利爬进墙内后,阿明提议要跟我好好比一下,究竟谁游得快。我欣然答应。我们站在泳池边上,做好热身后,便一起潜入水中。

Chapter 1
青木桌上的男孩

起初我和阿明一样匀速向前,随后我耍起小聪明,加快了四肢划动的节奏,往前冲去,阿明被我甩到后方,我很得意,但不久后身子就不听使唤了,我全身有些无力,逐渐瘫软。这时阿明加速了,很快赶超了我。我可不想前功尽弃,就憋着一股气,拖着酸痛的身体,拼命摆动手臂。阿明转过头来,对我喊:"坚持,坚持下去,就要到了,快了!"

不知从哪一秒开始,全身肌肉的痛楚突然就无知无觉了,我开始游得分外轻松。而游在前头的阿明也不知是不是故意放慢了速度,不一会儿,我就跟他处于相同的位置。我们都使尽全力往终点冲去。"到了!"伴着阿明一声激动的叫喊,我们一同伸手触壁。两个人高兴极了,像小孩子那样拍击着水面,往彼此身上泼水。我一个转身,钻到水下,闭着眼睛,依然能感觉到太阳正在隐退的踪影、光和云朵的浮动,还有海风、白鸟、灯塔、礁石、浪花,它们都在我的脑中像鱼一样跃动,一切黑暗正逐渐被我们穿越。

那一年的盛夏漫长得似乎永无尽头,我们忍受所有的寂寞,忍耐所有的不愉快,在梦与现实交汇的地方寻找出口,那些自卑、沮丧、委屈,如同游泳途中呛到的水花,最终都被自己以成长的名义通通吞咽下去。

为了抵达彼岸,我们挨过最艰难的时刻,奋力向前游去,心中都坚信当指尖触壁的一瞬间,自己一定会无比强大。

5

那年夏天过去后,我瘦了一圈,我爸没再像过去那样嘲笑我。我站在镜子前,仔仔细细打量了一遍自己:衣服穿在身上变得十分宽松,双手叉在腰上,发现腰线也有了弧度,胸口很结实,能见到略显方形的轮廓。我以为自己会为这一年多的努力而感动得哭起来,最后也只是平静面对自己,莞尔一笑,不禁想起了这一路陪伴在自己身旁的朋友阿明。

之后的夏天,我没有再见到阿明。

曾经和他一起待过的游泳池也因城市建设而被拆除了,有几次透过围墙缝隙往里看,池内已干涸,池底落着厚厚一层尘土,上面还长着荒草,我们的年华就这样布满锈色。

我想念那些日光敞亮的日子,世界在蓝白色彩间晃动,炎热却不沉闷的午后,瘦削的少年们潜进水中,摆动着他们轻盈的身躯,用水来保护自己,用水来挡开水。

蝉鸣无休无止,温度三十五、六度,年少的水花永远荡漾。

Chapter 1
青木桌上的男孩

桃花告白信

我的青春就此打上一块烙印,有我最天真的浪漫,有我最隐秘的忐忑,有我铭记不忘的忧伤。她和这份桃花告白就这样定格在我十八岁的世界里,不再有回声,如远去的飞鸟衔走一个永不再来的春末夏初。

1

第一次向人告白,是十八岁的春天,山上桃花开得热闹的日子。因为羞涩,我没有当面跟对方说出那一份喜欢,只是把内容放进了一封信里,并用楷体字在信封上认认真真写下收件人的名字。

年少的喜欢往往没有太多理由,可能因为一瞬间就让自己甘愿成为星辰环绕着对方。是她路过的背影如纱轻飘,是她的笑里有光和春风,也或许是因为她撑过的伞、看过的书、用过的笔记本恰好是自己喜欢的那一款,因此陷落于她的茫茫宇宙。

读高三时,我经常在小区门口碰见一个同班的女孩。她眉目疏朗,面如桃花,温和素淡。平日她穿校服,周末时喜欢穿松垮的白色衬衫、淡粉色的裙子,上面没有幼稚的卡通图案或者妖娆的服饰设计。她家教或许很严,自己也已养成一种习惯,从来不会买路边的小吃,也不会在卖零食的超市前停下半步,她一直向前走,长发如溪流垂下。

这样的一个女生,周身充满森林深处的气息,与那么多喜欢化妆、攀比、追星的女生都不一样。在她转校来到我们班后,我上课走神常常会走到她那里。她爱用蓝色墨水写字,写细瘦的字体。她喜欢桃花,每周做语文摘抄,摘录的古诗词都与它相关。我利用担任语文课代表之便,曾逐字逐句读过。

印象最深的是其中陆游的一首词《钗头凤·红酥手》,下阕的"春如旧,人空瘦,泪痕红浥鲛绡透。桃花落,闲池阁。山盟虽在,锦书难托。莫、莫、莫!"太过悲凉,让我觉察她并非眼前所见这样明朗的女孩,一定也有很多无助、忧伤的时刻,我想走进她的世界。

2

那年春天,我开始写情书。为了讨她喜欢,我特地跑到山上采来粉嫩的桃花,在那细小的花瓣上写字。从字帖里找想写的字,一笔一画临摹到纸上,字体达到理想效果后,再写到花瓣上。一瓣桃花一个字,一共写七字,但我不允许有任何差池,哪怕是一个笔画写错了,也要强迫自己重新写起。其间,写坏了多少桃花,自己又跑了多少趟山,已算不出,只知道自己考试时都没这么努力过,心

> Chapter 1
> 青木桌上的男孩

想这足以感天动地。

　　写好最后一枚花瓣上的字，我轻轻往未干的字上吹气，桃花微漾，像时光扇起一次薄翼，春天仿佛住进心里，黄昏迢迢，夜色无边。我舒了口气，进入梦乡。窗外有风吹到桌上，抚摸这些已有姓名的桃花。

3

　　曾想过如言情剧里那样，把装有桃花的信件放到她的课桌内，夹进她书里，或选择某个明亮而隆重的时刻，把信给她。但最后情书送出的方式是，我只贴上一张80分的邮票，将它投向呆板而沉默的邮筒。

　　两天后，班长从班级信箱里取出这封告白信，交到她手里。当她拿起信的瞬间，我的心提到了嗓子眼，余光里见她拆了信，盯着里面的桃花，愣了一会儿，随后朝我这边微微一笑。而我太害羞了，不敢看她，把头转到一侧，心内已成一片花海。

　　之后有一天，我和几个同学负责值日，其中包括她。面对她，我内心紧张、慌乱，感觉自己成了一架钢琴，有千万只透明的手正将我激烈弹奏。而她如往常那样淡然，在认真摆弄卫生角的簸箕和扫帚。

　　趁其他同学去打扫楼梯而班上只剩我和她的时候，我握紧拳头，一瞬间松开了，准备向她开口。

　　"对了，我想问你一件事。"她抬起头，用手指钩了一下飘到眉间的发丝,看着我,先说道。

"什么?"我愣愣地瞧着她。

她从抽屉里拿出我给她的信,轻轻倒出里面的花瓣,一边排列一边跟我说:"你真有趣,送来这些。也是后来看到你送的桃花上写了字,很辛苦吧?谢谢了。对了,你过来看看我排列得对吗?"

课桌上此时出现的一行字是林诗雨喜欢的人是。

"是想用这样的方式问我喜欢谁吗?"她朝我微笑,眼睛里像是有泉流涌出。

这时我发现有两枚花瓣不在桌上,是非常重要的两个字。

"信中还有其他花瓣吗?"我着急地问道。

她摇摇头。

我瞬间说不出话了,只对她尴尬傻笑,在心里排演了几十遍当她的面读出桃花上字的场景、设想过她的回应,以及那些"后来",此刻都变得面目全非。

4

我多想告诉她那两个遗失的字,说出对她的感情,但还是没有勇气。看了一眼黑板上的高考倒计时,已从最初三位数瘦成两位数,很快将仅剩一位数,自己能与她说话的机会实在不多了。那一刻我对她说:"掉了两个字,我去找一下,你在这儿等我。"

想到应该是那天夜里晚风吹落了那两枚花瓣,自己便咬咬牙向家跑去。我满头大汗地跑着,喘着粗气,来到家中,翻箱倒柜,始

Chapter 1
青木桌上的男孩

终不见掉落的花瓣。我不想让她多等，立即转过身，往学校跑。一路上，不知道是汗还是泪洒了一地，我的眼前一片模糊。

当我赶到教室时，她已经走了。一个值日的同学把她交代的袋子给我，我打开一看，是一个相框，玻璃里面排列的是我送她的花瓣。

我擦了擦湿润的眼角，带着这份礼物，撑着顷刻要塌陷的表情回家了。

之后，她离开这里，回原籍地参加高考，我没有再见到她。

5

高考前夕，我在家中翻看资料时，瞥见一本书中竟夹着那两瓣桃花，是当时落入其中被悄然合上的。重新遇见它们，像记忆中的两件旧衣服，时间将它们熨烫得如此平整。

我把相框打开，将写有"我"和"你"的这两枚花瓣小心翼翼放入，再用玻璃压紧，此时眼前浮现的一行字是我喜欢的人是你林诗雨。

我的青春就此打上一块烙印，有我最天真的浪漫，有我最隐秘的忐忑，有我铭记不忘的忧伤。她和这份桃花告白就这样定格在我十八岁的世界里，不再有回声，如远去的飞鸟衔走一个永不再来的春末夏初。

大学毕业后，我参加了一次高中同学聚会，虽没再碰见她，但仍可听旁人说起她,出国读书,在国外找了对象,要结婚了。多年以后的自己早已不是昨日的青葱少年,听到这样的消息,心底虽浮过一丝难过,但多半已换作对她由衷的祝福。

席间,一个同学向我走来,轻声问我还记得那天值日完她给我的袋子吗?

我点点头。

"那天太晚了,走得急,忘了跟你说,林诗雨还有一句话要我转告你。"同学这时说道。

"是什么?"我好奇地问。

"她说你在花瓣上写下的那个问题,答案一直在你这里。"

Chapter 1
青木桌上的男孩

走廊上的时光

走廊通透,大风时常刮过,我们站在风中,开怀大笑,又长久静默。四季的虫鸣、云霞、星空都一道目送着两个少年远去的十五岁、十六岁、十七岁。

1

我记得那些年自己走过的走廊,漫长,回环,曲折,鞋底踩在大理石铺就的地板上,能清楚地听到掷地有声的回响,每一声都像在问候,又仿佛在告别,与我说着成长路上的再见。

声音堆堆叠叠,跟随着我,走了好远的路。当我回头时,身后竟空荡荡了,冬天的微光像轻薄的手掌贴在地上,一个声音都不再响起,那一刻或许便是永远的再见了。

坐机场的早班客机回工作地,适逢雨天。飞机起飞的那一刻,机舱剧烈抖动着,整个人往后倾斜,突然有种错觉涌上心间,仿佛自己正位于时空的甬道当中,它通向一个又一个过去的走廊。

都会有，都会好

飞机穿过浓密的云层，继续震颤着，它会返回过去吗，又会抵达哪一段时光呢？我闭上双眼，极其期待睁开眼睛后看到的那个世界。

在外公工作过的小学走廊边上，有一排槐树。秋风起时，槐花纷飞，如蝴蝶在空中舞蹈。许多花瓣都落在走廊的石级上，仿佛它们都睡着了，铺着一层梦。那年我五岁，常跑去看外公。

午后，走廊上没有人走动，四周格外静，外公拖了一下地板，把竹席铺在地上。竹席有些小，不足两人平躺，外公便侧身躺着，守着我，看我在微醺的风中逐渐入眠，槐花在一旁悄悄落着，像是时间小声念起的诗。

旧家附近有座戏院，幼时母亲总爱拉我去看戏。今天一出《天鹅宴》，明天一折《丹青魂》，都是沾着岁月风霜的经典闽剧，母亲看得不亦乐乎，而我因年纪尚小，看不懂世间悲喜离愁，趁她不注意，我就溜到戏院走廊上玩耍。

门外扑来一股香气，是天黑后乡亲摆出的小吃摊位，有刚下锅的汤圆，有从卤汁里捞出的鸡杂，这边听着煎牡蛎饼吱吱作响的油锅，那边飘过来一阵焦糖味，是在炒板栗。

种种香气把我围住，我迈不开步子，嘴里都是泉涌似的津液。时间一长，这些飘满走廊的味道，于我而言，是熟悉的朋友，缓解着一个男孩的孤独。

中考前有一段日子，我很焦虑，整个人像热锅上的蚂蚁。放学后，我一个人登上故乡的古城楼，沿着某一段斑驳走廊反反复复

Chapter 1
青木桌上的男孩

踱步。

2

傍晚夕阳斜,有几声归鸟鸣啼传来,有几片残红云霞飘来,显出几分凄凉。父亲刚刚做完工下山,骑着自行车,打远处就望见我站在城楼上孤楚的身影,他像阵风抵达城楼脚下,喊着我:"快下来,带你回家!"我立刻从恍惚中醒过神来,飞奔至楼下,坐到父亲自行车后座上,环抱着他厚实的腰身。

他话语轻柔,如晚风,问:"好受点了吗?"我没回答,只是把父亲抱得更紧了。那个刹那,总记得父亲与那条古城楼上的走廊那么相像,带给我微光,带给我安慰。

高中走廊承载了我青春里最漫长的一段光阴,在那里,我见过清晨远天的日出,看过深夜从指尖滑落的星辰。忘不了独自坐在冬夜走廊上背书的场景,冰冷如透明的植物从地下长出,钻进我的身体里,寒意贯穿着每一根骨头。

那时陪我走过幽深冰冷年岁的人是H。他是个很单纯的男孩,留着寸头,眼睛里总是充满光。我们相互背诵,讨论学校和考试种种内容,有时也涉及自己喜欢的电影、音乐。我的口语不标准,偶尔从嘴巴里蹦出一个发音奇怪的单词,H就会乐不可支。而我也时常取笑他背错历史朝代和君王。我们在彼此身上寻找寂寞时光中的快乐,两个人始终"势均力敌"。

走廊通透,大风时常刮过,我们站在风中,开怀大笑,又长久静默。四季的虫鸣、云霞、星空都一道目送着两个少年远去的十五岁、十六岁、十七岁。我们拼尽全力，守望一个新的世界到来。

3

十八岁到来的时候，我们结束了高考。我和H在昔日奋斗过的走廊上相遇，记得离开的时候，我们脸上都有复杂的表情，谁都绷着，直到背过身去，彼此都绷不住了，抽泣起来。但终究没再回头，让对方瞥见自己的难过与不舍。

走廊上似乎还有昨日的少年在追逐嬉闹，又聊着课间常听的那些话，关于成绩、理想、喜欢的球星、最近看的动漫、在趁对方不留神的时候悄悄说了自己的暗恋。像一颗一颗的雨滴落进井水里，下一秒的工夫便不见踪影，雨过天晴，四季流转，总有新人来，代替旧人笑。

我有些难受，步履蹒跚地走向走廊尽头，似乎有一扇落地窗竖在跟前，我穿过它。游离于四处的光线一瞬间都聚集起来，像织好的布，擦洗着走廊的每个角落，扶梯上出现了她的手，地板上有他的脚在走，而窗子上也闪现出谁拿着布擦拭的身影，青涩的时光原来不曾消失，那么多的人都还穿着记忆里的旧衣衫，越过万千山河、星辰浩宇，来到我面前。

那些痕迹都还在，只是有些薄，如铺着一层淡淡的纱，但还好，无论风吹得如何凛冽，它都还在那里，如当初一样。

英国作家西蒙·范·布伊曾说："死去的人在别处生活着，穿着我们记忆中的那件衣服。"那些逝去或失去的所有,都会在我们的回忆里永恒。

每一段走廊都寄存着我们走过的岁月,铺在记忆中,展示我们的来与去。每一次当我重新走进它们,踏出的步子都是对旧时光的温习,无比怀念,又无限眷恋。在那里走久了,我慢慢成为一个敢于告别的人,向刹那芳华,向逝水曾经,回头一笑。我也逐渐变成一个勇于面对未来努力生活的人,成熟笃定向前,佐以浩瀚无边的坚强。

无论走廊如何曲折、回环反复,也早已与我融为一体,它们的起点是自己,终点也是自己。

那些走廊永远明亮。

那些梦中回廊里永远白衣翩然的岁月,美得惊心。

都会有，都会好

十九岁的最后一天

"后来我才知道，生活就是个缓慢受锤的过程，人一天天老下去，奢望也一天天消失，最后变得像挨了锤的牛一样。可是我过二十一岁生日时没有预见到这一点。我觉得自己会永远生猛下去，什么也锤不了我。"

1

十九岁的最后一天，一早起来，我就收到富哥发过来的信息，他说："小贵，欢迎你进入我们二十岁的世界！"富哥与我同一年来到大学，因为他高考复读，比我们大一岁。我不知道他当时按下发送键的心情是否无比激动，毕竟他是我们几个死党当中率先进入二十岁的人，在填表时面对年龄一栏，他要拿起笔，躲开众人的目光先写上一个"2"，在这一年里，他是够寂寞的。

我也没法见到富哥度过十九岁最后一天时的样子，他是如何在脑中撇开十九这个数字，开始迎接自己的二十岁，兴高采烈，还是郁郁寡欢，谁都不知道。

Chapter 1
青木桌上的男孩

我只知道在十九岁的最后一天,我像往常一样从床上爬起,简单洗漱后就背着书包跑出宿舍楼,日头已经升得很高,明晃晃的光束从楼道的窗户外迸射进来,照在我脸上,我闭了闭眼睛,睁开,感觉这世界还是有了一点点不一样。耳畔有阵脚步声,由急促到平缓,由清晰到模糊,似乎闭眼的瞬间,有个人正与我擦肩而过,向着我永远都无法瞥见的后方离去了,带着我的十九岁。

二十岁的世界究竟是什么样的?曾经,我做过许多假设。像在一张数米长的白纸上画出图案,仔细勾勒出线条,然后精心挑选喜欢的颜料,仔仔细细涂上,不放过任何一个白点。

向往的是王小波在小说《黄金时代》里的一段描述:"那一天我二十一岁,在我一生的黄金时代。我有好多奢望。我想爱,想吃,还想在一瞬间变成天上半明半暗的云。"

二十岁的世界是自由的,脱离了如同活在狱中的中学时光,我们像刑满释放的一群人投入新的天地里。一夜之间,没有人再小看我们,因为我们都成了大人。夏天不再苦闷,秋天不再多愁,我们成了驰骋在原野上的马匹,又成了一阵风,呼啦啦扑向远方。

我要去布拉格广场看黄昏的鸽群,去冰岛看极光绚烂的晚空,坐上由北京开往莫斯科的火车,穿越西伯利亚平原,与一千棵、一万棵白桦树相逢。一路都是阳光,都是大风,将大地这本书不断翻动,而我同所有年轻的生命一样都在阅读它的分分秒秒。乌拉尔山脉斜辉脉脉,亚寒带针叶林簌簌作响,也见着鼯鼠、野牛、平原狼、森林猫偶尔在窗外闪现,二十岁就像颗果实,吸引着它们跑来驻足观望。

某个清晨,将车顶打开,水雾裹紧发丝,感觉二十岁同样微凉,但已无少年时的忧愁,更多的是内心的灼热与这外围世界的周旋,更加满怀勇气,去闯荡天下。

车过一个转弯口,心就热了一点。

2

耳畔的音乐随之激越,但踏实,二十岁是个怎样的年纪呢?不需要太多梁静茹、王心凌的歌词去臆想或疗伤,也不需要太过华美而缺乏灵魂的诗篇去诠释,越来越注重故事本身向前行进的力量。

生命进一步在蓬勃生长。潜入青春的泳池,再无少时的恐惧与羞涩,只知要欢脱地游弋,不去想泳池有多大,也不在乎水有多深,连接海洋也无所谓,在这里,生命的意义就在于溅出水花。偶尔侧头往一旁玻璃看去,上面映着自己被水洗后浅浅的身影,带着一层光晕,不禁笑出声来,呛了一口水,人也很快乐。

饥肠辘辘,就到生活的闹市上随意吃喝,西大街上吃一碗馄饨,东大街上撸几串羊肉,尝着山南海北种种美味,嘴里啧啧,心里暖暖,忍不住打了个饱嗝,也不计较什么,独自脱了鞋爬上高墙,迎着猎猎晚风,走着路,唱起歌:"层楼终究误少年,自由早晚乱余生,你我山前没相见,山后别相逢……"没有爱情也可以,照样傻乐着,像这世界的主人。

但在十九岁的最后一天,我发现自己二十岁的梦,其实非常遥远。它们不会在午夜钟表秒针晃过零点后一一到来,现实毕竟不是个魔法师，有的甚至是些无聊琐碎、鸡飞狗跳、暗箭难防、跌入谷底的日常正等着我。成人世界该发生的精彩内容，自己一点都不会错过。

3

我明白在十九岁过去以后的一段日子里，我依然会过着跟往常一样平凡的生活。

去挤公交，到市中心的图书馆找一本英语辅导资料，之后寻一处靠窗的角落，拿出笔记本，开始学习，周围人来人往，空气越发焦灼，对面空位上走了一个青年，又来了一对情侣，我都尽量把目光放低，避免不必要的人事分散自己的注意力。

路上刮着阵阵北风，还未抽时间去理发店剪的刘海儿，正在额前随风乱舞。裸露在衣服外的皮肤被灌入冷空气，透过毛孔抵达心上，造出一台隐形的冰箱，冻着五脏六腑、往事遭遭。我小跑起来，却始终热不起来，腿脚哆嗦着，人没控制住，还是打了个喷嚏。

在宿舍，除了一阵短暂午休，整个下午我基本就坐在电脑前敲敲打打，拇指在键盘上越发熟练地活动起来，像在散步，又像在跳房子，让我感到快乐。睡到晌午的室友们这会儿都出去了，只剩下我一个人，用字符在屏幕上跳着"小步舞曲"，如果不去额外注意时间，就觉得这时间已然凝固，生命长路漫漫，永无尽头。我囿于这一处小小地方，无法逃离，别人也甭想进来。

可能是自己乐观的缘故，我非常确定这样的日子只会是短暂的一段，之后一切都会如我期许。但我需要在这条山路的拐弯处沉住内心、看好前方、控制节奏、专注地把青春的车开下去，若是不小心冲向未知歧途，也需有足够的耐心，怀揣希望，穿过密林，重新归来，而后自己必然会等来一条笔直大道。

4

晚上，在一间日租房里，富哥和斌哥做了一桌好菜，为我庆祝生日。当我吹灭第二十支蜡烛的时候，房间顷刻间全暗了，我鼻子不禁一酸，心里不免一阵惨叫：我的十九岁就这么结束了？

胶原蛋白满满的皮肤、清澈如溪的眼睛、乌黑丰茂的头发……时间和现实都将挥动着刀刃，一刀，再加一刀，雕刻，剔除。再也没法在个人表格年龄一栏上提笔先写"1"了，也无法再躲在年少无知的庇护下犯错了，因为没有人再把二十岁的人当成小孩了。

昨日的一切，像愈渐模糊的线条，终究还是要流逝于岁月这块橡皮擦底下。他们随即开了灯，二十岁突然变得明亮起来。我望向窗外，十二月的夜空，星星可真多啊，像一双又一双告别时频频闪烁的眼睛，祝福夜空下站着的我们。

一时间，又想起王小波的话来："后来我才知道，生活就是个缓慢受锤的过程，人一天天老下去，奢望也一天天消失，最后变得像挨了锤的牛一样。

可是我过二十一岁生日时没有预见到这一点。我觉得自己会永远生猛下去，什么也锤不了我。"

二十岁，我来了。

Chapter 1
青木桌上的男孩

再无少年骑风来

不是所有的离别都需用眼泪表示，
不是所有的难忘都要用言语说出。

1

毕业以后，感觉四季都像一个季节，日子显得尤为平静，似往深井中扔些沙砾也无涟漪泛起。而故人重逢，是命运给我们最好的礼物。

跨出大学校门后，我和几个朋友会选择六月大家都不忙的时候相聚，地点有时选在学校，有时会去海边。有一年，我们约在盛夏的鹭岛。一群人天南海北赶来，拖着行李箱大汗淋漓地奔走在厦门街头。大家互看彼此狼狈的模样，一个个笑得像傻瓜。

大厨取笑我们几个大学毕业后迅速发福，脖子都快跟他一样粗了。当初我们给大厨这个绰号，其实是他的厨艺真的非常了得。从

都会有，都会好

家常小炒到酒店菜肴，他的锅里总能倒出一盘美味的烟火人间。

会长还是喜欢在跟我们聊天间隙接打一个又一个电话，向对方布置并指挥各项任务。以前他是学校里的志愿者协会、新闻协会、摄影协会的会长，整天都是一副大忙人的模样，我们都不敢轻易找他出来玩。

所有人当中最沉默的依旧是歌手。他喜欢待在一旁看我们插科打诨，听我们说说笑笑，他很少发言，目光中却让人觉得他似乎知晓一切。每当他抱起吉他唱歌，全世界都会为他充满故事的嗓音响起掌声。歌手说，毕业后要去流浪，找点自由回来。

在中山路的一家酒店里，我们吃了晚饭。桌上菜肴是闽南一带特有的味道。我们问大厨菜品如何，他撇撇嘴，说没他平常做的合胃口。这倒是，作为一个西南娃子，从小泡在红油、辣椒、花椒里，没了这些，任何菜都不算是菜了。

想起大学时在日租房里，大厨掌勺，要给我们弄一桌好菜。他加了大火，拎起锅翻炒着，辣椒、黄瓜、木耳、萝卜，像孩子在荡秋千一样快乐。可突然间"砰"的一声，把我们吓坏了，赶紧过来看看情况，发现是厨房的通风扇掉下楼了。大厨连忙跑下去，还不忘回头朝我们喊："关火，关火，要煳了！"多年之后，再说起这件事，大厨说他已经忘了，可我们都还帮他记得，偶尔也拿出这段经历在他面前翻炒。

后来的几个夏天，我们这四个人总是无法凑齐，老友欢聚一堂逐渐变成一件奢侈的事情。大厨毕业后回老家一中教书，担任课题

Chapter 1
青木桌上的男孩

组长,放假了也无法休息,三天两头出差调研,尝遍全国各地饭店佳肴。会长通过擅长的公务员考试进入县政府工作,天天加班整理烦琐材料、给领导写各种会议的发言稿,他精明能干,深受上级喜欢,很快就开始指挥别人做事,当然他自己依然没得清闲。我唯一能见到的,只剩歌手了。这些年,他为了梦想,抱着一把吉他走南闯北,变得沧桑很多。

2

我跟歌手沿着漫长的海岸线走了一段路。炎夏时节,即便在夜晚的海边漫步,感觉生命仍很焦灼。歌手说他这条路走得十分艰难,能理解他的人很少,但他仍在坚持。

"毕竟这是属于我自己的人生,不是他们的。"我听他说着这一句,竟有些热泪盈眶,看着他仍旧少年的眼眸,点点头,说:"我理解的。"他苦笑了一下。随后我也忍不住,笑了。

前方的道路依旧漫长,海浪逐渐涌到靠近步道的地方,沿路海鸥将尾音拉得很长,听上去有些凄苦,路灯下照见一些湿漉漉的礁石、树枝、细碎的贝壳,还有不知是谁遗落后也不来寻觅的鞋子,它们安静地躺在这里,像这夜晚熟睡的光阴。

长大是一个不断接受现实风霜而熄灭内心幻想烛焰的过程。曾经以为永不结束的夏天,转眼间,已经一个接着一个过去。

我怀念那些在夜晚的天台上拎着酒瓶子碰撞的声响,我们闻过谁身上好闻的花露水味道,怀念榕树上如被阳光煮沸的声声蝉鸣,

都会有，都会好

男生穿着短裤趿拉着拖鞋在楼道里奔跑的身影，怀念歌手抱着吉他在操场上为大家唱起《理想》《恋恋风尘》的日子，没有人舍得转身走掉。还有好多关于夏天的记忆，那些悲伤、快乐或是无所适从的时刻，都从摇晃的可乐瓶中随泡沫溢出，丰盈我们的唇部。

六月毕业时，我等到朋友们一一离开后才走，是最后一个关上寝室门的人。我在逐渐空荡荡的校园里晃荡，仿佛在记忆中拾荒。待在宿舍的最后一个晚上，自己躺在床上，怎么也睡不着，知道那扇距离床边不到一米的门，等到天亮后我一关上，下回再将它打开的人绝对不再是我们几个。

天花板上有窗外车灯开过投射出的斑驳树影，耳畔有传来一阵行李箱轮子在地上摩擦出的声音，想着应该是一群深夜赶火车或航班的毕业生。那个瞬间，我感觉自己是唯一剩下的人了。孤独，苦涩，过去的时光像不断折叠出的纸飞机，飞走了一架，又叠出一架。可它们再也没有返回起飞的机场。

3

那个夜晚，我第一次看到天亮的整个过程，由黑色被远方的一缕光划开，世界慢慢变亮。我清楚地听见了自己的呼吸声，有些亢奋，有些期待，是梦想由心底发出的。

那一年，我们对象牙塔外的江湖充满渴盼，觉得一贫如洗却满怀理想的自己很快将成为又酷又有钱的大人了，无论未来要面对什么样的处境，都会像期末考试那样逢凶化吉，想要有什么样的结果，最后都会是好的结果。

而时间很快就把真相推到我们面前，我们逐渐在现实世界里尘埃落定。我们曾经因彼此陪伴而形成的节奏，都在一个神秘的时间过后，被破坏殆尽，然后各自构筑新的节奏，不再有默契。自此如一尾鱼从大河之中被捞起放进一处狭小的池中，每个人都成了自己居住的城市中忙碌工作的普通人，为了活着本身，匆匆而沉默地走出夜晚的地铁口。

我开始理解了路遥在《平凡的世界》里所说的话："在这个世界上，不是所有合理的和美好的都能按照自己的愿望存在或实现。"

4

稍微有空时，我一个人会走到家附近的学校逛逛。看到校园宣传板上一排学生的照片，个个面容皎洁，意气风发，没有承受岁月重压的模样，底下是属于他们的荣誉：三好学生、文明标兵、优秀学生干部……我想起多年前的一个下午，学校往宣传橱窗里贴着新一届"荣誉生风采"海报的场景，我刚好路过，瞥见自己的照片正被挂起。那时青涩羞赧的少年，已逐渐消失在风中。

出校门时，正好遇到周末晚上返校自习的学生，即便在漆黑中，他们的面庞也会闪烁出光芒来，看着这么青春的身影，嘻嘻笑笑，打打闹闹，我似乎也回到了那个校徽总是别得歪歪斜斜、见到喜欢的人脸红心跳的十七岁。岁月在那时，面目如此温柔。

记起大学毕业前天,我和会长在校门口告别的情景。夏日大雨势如破竹落下,会长用手机打了的士到学校,我帮他提行李。他环视四周,告诉我这是他最后一次看这里了,马上就得奔去机场赶回老家参加一场事业单位考试,没办法参加毕业典礼了。

司机在一旁可能等得有些不耐烦,按了一下喇叭。会长苦笑一下,说:"这就是我们以后要面对的生活了。"说完,他钻进车里。我轻轻为他关上车门,并对着车里的他挥了挥手。车启动了,他摇下车窗,又说了句:"回头,到我那里玩,别忘了。"他的声音迅速被大雨淋得模糊,车远去了,淹没在阴沉的天色中。

青春只售单程票,我们坐上列车,从一个夏天出发,抵达各自的人生,无法再回头。

不是所有的离别都需用眼泪表示,不是所有的难忘都要用言语说出。那些关于夏天的记忆在人生的天幕中始终发出璀璨的光,像花火在夜空绽放,瞬间天地如白昼,照亮我们爱过的昨天、拥抱过的人。

这是无法再来的青春里永远鲜活的部分。

再见,夏天!再见,一穿起白衬衫就起风的少年。

Chapter 2

努力的人有星辰大海

身披铠甲,独自去闯,踏过铁马冰河,躲过刀光剑影,我们终将抵达时间的城池之巅,仰望星空,眺望大海,成为自己的超级英雄。

都会有，都会好

只要你想，现在就能开始

生命是流动的河流，你的无所事事，你的无能为力，
都是暂时的，要给自己一种新的可能，
靠近内心的声音，去干自己真正喜欢的事。

1

周末，同事邀请我到她家喝茶。

她虽年近四十，却依旧像她家的霁色铁茶壶一样不曾褪下漆色。壶身雕刻了数朵桃红花瓣，又镶嵌几颗黛色珠玉，显得尤为精致，而同事也仿佛是被岁月怜惜的女子。

我们一边品茶吃糕点，一边聊着生活跟未来。

她云淡风轻地说着自己走来的半生：年少时为父母活，成人后为家庭活，之后又为孩子活，在繁忙的工作中疲于奔命，从来没有一天为自己期许的明天活过。就在前段时间，她想通了一切，决定放下眼前的教职，再"回炉修炼"。

"上个月跟我家小公主视频的时候，看到她会自己编头发、搭

Chapter 2
努力的人有星辰大海

配衣服了,以前都是我帮她操持。那个瞬间,我突然意识到她很快就会长大,往后也将渐渐不再需要我。而我是时候要去为自己始终不死的理想活一下了。我想考博,完成自己的心愿。"

同事从政府机关出来,到大学教了四年书,喜欢校园纯粹的人事关系,但她因为家庭原因搁置了自己的想法。现在她三十八岁了,决定辞职,重新出发。

我在一旁为她鼓掌。

工作的这两年,我身旁的年轻人越来越多,他们经常使我想到自己的年龄。逐渐走向三十岁的自己,确实已经不算年轻了,然而自己似乎还有很多梦想没有实现:继续深造、去理想的城市生活、拥有一套自己的房子……试图说服自己离开现在的处境,重新寻路,但年龄与现实条件如猛虎,扑倒我所有的设想,我开始焦虑。

现在的我,是不是已经晚了?

同事的辞职让我想到这个问题时,身上多了一股勇气,不再如过去那样怯弱、难过。

所谓的年龄并不能束缚住你,只要你想,多晚都可以开始。

2

我妈年轻时是个时髦女青年,喜欢烫发,穿喇叭裤,跳迪斯科。

自从生下我们三个小孩后,她彻底告别了自己的少女时代,被现实磨成了一个圆,在生活的地盘上像陀螺一样转着。为了生计,

都会有，都会好

先是在市场卖食杂，后又去纺织厂当女工，早出晚归，疲于奔命，直到我读完研究生，几次劝说下，她才同意待在家度过自己的晚年生活。

但此时，逝去的青春无法再回来，一个女人的世界已是空空荡荡。

我妈悲伤吗？没有。五十四岁的她又开始学习跳舞。

为了身体轻盈点，她控制自己的饭量，吃素，晨起运动，持之以恒，原本臃肿的身体变瘦许多。我姐每次回去见她，与我妈身材一比，都无地自容。

有一回，我回家，刚打开房门，就听见一阵欢快的迪斯科旋律，我妈正扭摆着身体，非常忘我地跳着。当我走到她身旁，她都没有察觉，好像正返回她遥远的少女时代。

有时候，快递员送来包裹，我开门的时候，音乐飘出来，他好奇地问我："很奇怪这年头年轻人都跳街舞了，你还跳迪斯科啊？"

我笑了，回答他："是我妈啦，她跳的。"

然后快递员往里一瞧，看到我妈跳得很投入，不禁跟我说："老太太可真厉害啊！"

新裤子乐队曾给张蔷制作了一张叫《别再问我什么是迪斯科》的专辑，合成器编曲，迪斯科旋律，加上张蔷高亢的声线，有一股很浓厚的复古气息。

我把那些歌下载到我妈的小音响里，没事也跟她一起在客厅里跳，感觉真快乐。

Chapter 2
努力的人有星辰大海

3

去兰屿旅行时,住在一家达悟族大叔开的民宿里。

大叔的木工非常厉害,民宿里的木质家具基本都由他一个人操刀完成。有一回我房间里的抽屉坏了,他带着锛凿斧锯铲过来,啪啦啪啦,没一会儿就修理完了,给我投来一个非常自信的眼神,示意没问题了。

我问大叔:"您木工这么棒,应该是从很早时开始的吧?"

他憨憨地笑了笑:"其实也就两年,以前我爸教我,不认真学,后来想学了,老人家走了,都得靠自己琢磨,我岁数大了,以为会做不好,还好不是很难。"

原来大叔青年时跟村里的年轻人一起离开兰屿,去台北闯荡了,十多年过去了,觉得自己一事无成,还是回来了,娶妻生子,把家改成民宿。因为兰屿这座离岛交通不便,许多物品不易购买,他就在自己四十五岁的年纪学起木匠手艺,自己做家具,桌椅、床、衣柜、门窗都从他略显枯槁的手中诞生。

"你看,那岸边停的拼板船,也是我自己做的。"大叔指了指不远处造型特殊的小船,对我说道,脸上洋溢着得意的神色。

同我一起入住达悟族大叔民宿的还有一对老夫妻,年过七十常稀,身形消瘦,头上早已鹤发遍布。

在岛上,他们跟我一起浮潜、骑车、看鲸、爬山,丝毫没有被自己的年龄跟身体情况绑住手脚。

一次在林中路上赏萤归来,我与他们攀谈,才知道夫妻俩年轻时就喜欢旅行,后来开始工作、养家,没有时间再出去走走。退休后,夫妻俩用存下的一百万又出来看看世界。

"孩子们反对我们,但我跟妻子一直都向往在路上的生活,虽然现在我们老了,但梦才真正开始。"

老人又拍了拍我的肩膀,看着我,说:"做自己喜欢的事,永远不晚。"

4

或许你此刻正喝着下午茶,看着河面上夕阳的余晖,你有很好的收入,舒适的生活,甚至什么事都不用干,也能体面地活到终老。又或者此刻你已尝遍生活的苦水,在一次异常激烈的挣扎后,妥协下来,选择卑微而平静地活着。

生命是流动的河流,你的无所事事,你的无能为力,都是暂时的,要给自己一种新的可能,靠近内心的声音,去干自己真正喜欢的事。

旅行、跳舞、练字、绘画、读书、耕种……只要喜欢,无论多晚,一切都能开始。只有当你真心喜欢了,你才能无怨无悔地投入其中,而在这过程中忽略身旁所有人的目光,更不会在意时间的流逝。

人生苦短,别给自己设限,勇敢点,向前走,理想的温泉无论何时都在咕嘟嘟冒着热气。

Chapter 2
努力的人有星辰大海

等彩虹的人

彩虹活在了我们的瞳孔中，带来历经沧桑后的美好，
生活显得水灵，人生也变得好过很多。

1

去见M的那年冬天，玉龙雪山上已经积雪皑皑。我和他站在天台上望着远处的峰峦在黄昏中被镀上一层金色的光，底下的江河缓慢流淌，如玉带般绕着丽江这座千年古城。

我问M，这两年在这里过得习惯吗？他点了点头，抽了根烟，烟雾像升腾出的问号，一瞬间被风带走，消失得无影无踪。

"只是和玲常想起你。"他说。

"知道，所以这回就放下一些事来看看你俩。"我怕气氛伤感，便笑着说道。

M把烟重重吸了一口，吐出万千往事，目光对准我，说："是

啊,你来了,我跟玲都非常开心。但我们也清楚,你很快又要回去。那个地方真值得你待这么久吗?"

之后,两个人陷入长久的沉默中,只觉风吹在身上,越来越冷了。

硕士毕业后,我来大学教书。M是晚我一个学期来的,短发,微胖,目光如炬,人分外精神。在此前,他已跟恋人玲在西藏待了一年,从事日报记者的工作,因西藏高寒的气候、二人入不敷出的经济状况,以及被同事日常刁难的处境,他便跟玲决定离开那里。经人推荐,M来到了我工作的学校。

本以为在高校里,可以在平常教学外有更多时间来阅读、写作,但事与愿违,M既要管理部门下属的学生社团,又要频繁撰写各种新闻稿,逢着双休日,又得带学生外出采风,一周时间像块肥肉被现实切割得所剩无几。

"太累了,一点都不比我在拉萨轻松。"每周部门持续近两小时的例会后,我跟M走在重庆阴翳的天空下,他说了这一句后便狠狠抽着烟。我们看向前方,天色向晚,道路无比漫长。

半年后,M跟玲离开山城,去了云南,租了当地村民的一间平房,加以改造,用来居家、专职写作,不看旁人脸色,没有高压负荷,生活单纯,日色渐慢。

我是个为自己理想而活的人,千百个日夜里,我也想像M那样离开现在的境地,但现实绊住我的脚踝。

我有一个人生梦想:到国外读博深造。一想到它,自己在工作

Chapter 2
努力的人有星辰大海

上吃再多的苦，与领导相处中受再多的气，我都忍着。我明白如果自己一赌气走了，未来是会有一小段内心舒坦的日子，但更多时候要面对一个事实：自己为理想奔走的路途将变得分外崎岖，因为我还没有足以停下的底气和资本。

我从未将这些当面告诉朋友，想要等到彩虹的人，必须要忍受电闪雷鸣时的恐慌、大雨如注中的击打。

2

离开老家前，我常去父亲的果园看看，果树都已长得壮实，龙眼、橄榄、蜜柚像天真的婴孩挂满树间。想起那一年村子封山，岩石不许开采，父亲无法再当石匠，赋闲在家，便上山种下株株果树。那年他二十九岁，未曾想到生活的果实能够长成如今模样。他经历了这一路的风雨，而每一回大雨后的彩虹也都被他等来了。

我七岁时，父亲带我去了山间的果园，遇雨。大雨如注，下了许久。我们躲在一个很大的山洞里，在靠近洞口且不被豪雨淋到的地方，父亲搬来两块石板，把大背包里的一口锅拿出来，架上去，再用之前捡拾的枝干、树叶生火，打火机一碰，噗，火苗长了出来，越发茁壮。

我说爸爸真聪明。父亲一边煮面一边憨憨地笑着，然后问正上二年级的我，能不能背首老师教的诗。我先背了《咏鹅》，又背了李白的《静夜思》，都是老师日常教授熟烂的篇目。父亲想教我背一首诗，唐代诗人王维的《山居秋暝》。

"空山新雨后,天气晚来秋。明月松间照,清泉石上流……"

我摇摇头,说这诗太长了,背不下来。

父亲眼珠子一转,说等我背好的时候天空就会出现彩虹了。

我那时非常相信父亲说的话,为了能看到彩虹,我开始努力背诵。

山洞外的雨不知何时停了,父亲煮好了面,飘来阵阵香气。

"背好了没?"父亲问。

"还差一些。"我着急地回道。

父亲笑出了声:"快过来吧!"

"是吃面吗,爸爸?"

"嗯,一边吃面,一边来……看彩虹啰!"

暴雨将山川清洗得尤为洁净,一轮彩虹从一座山头伸向另一座峰峦背后,它如拱形的桥梁,在旖旎的水汽里,联结着现在与未来。我看着彩虹一截截渐次明朗,又见着它一点点消失,无比激动,我叫着:"爸爸,爸爸!"而底下站着的,始终是我微笑的父亲。

那一轮彩虹,仿佛是一个男人与生活周旋的见证者,它环抱着失落的灵魂,环抱着昼夜之间生长的树木,给予这苦难的世间爱与希望。它也成了男人心中永不消逝的信仰所在。

3

这么多年过去了,依然记得高考前的那段时光,教学楼顶的

Chapter 2
努力的人有星辰大海

天空总不晴朗,积雨云的面积不断扩大。整座校园仿佛锁在一个巨大、漆黑无比的山洞里。

我们整日面对同样的事物,课本、笔记、练习册、讲台、黑板、各科老师没有太多表情的脸,按照既定的路线、指令穿梭隧道,寻找所谓的光明。

心绪动荡如坐过山车,常常会听到周围同学用课本大声砸桌子的声音。别过头,向窗外看去,附近的大楼已经高过教学楼。我们处在城市的阴影里,见不到一片完整的可以用"无边无际"形容的天空,振翅高飞,也无法越出。

教学楼前栽着一排樟树,起风时,叶子洋洋洒洒飘落,声响跟千百只鸟起飞时的动静无异,拂动这永不停息的世界。有一回我和G值日,清扫楼道上的落叶。

他停住手里的扫帚问我,声音这么好,为什么不去艺考?这样就不用像现在这么累。我说,那些只是爱好,不想以后靠那生活。

G很有才华,他外貌清秀,吉他弹得很棒,每次开班会要表演节目时总少不了他的身影。他在绘画上也很有天赋,班级弄画展时,教室展区就贴满他的素描、水彩和漫画作品。但因为家庭条件,他没有选择艺术专业。

我们一起扫地,满树叶子仍在摇摆,仿佛时刻会落下,大树像个淘气鬼,逗着我们玩。G走到楼道一侧,突然兴奋地叫住我:"快看,是彩虹呢!"

我沿着他纤长的手指看去,发现白墙上有一道彩虹的投影,那

071

是从物理老师办公室投射出来的,应该是三棱镜的反光。

在青春中最困倦、疲乏的时刻,看见这样缤纷的色彩,我们都宛若孩童露出激动的神情。彩虹活在了我们的瞳孔中,带来历经沧桑后的美好,生活显得水灵,人生也变得好过很多。

岁月寂寥漫长,险滩重重。有人年少得志,有人大器晚成,终究都会途经生命的种种状态。

愿你追星逐日行路一生,有足够的耐心和毅力等来大雨淋漓后的荒野彩虹,踏遍山河,始终温柔。

Chapter 2
努力的人有星辰大海

余生多风雪，微光入梦来

> 余生多风雪，但请你相信，一个努力的人，
> 命运总会善待你，结局都不会差。

1

九月开学，我在大学礼堂做了一场文学写作班的交流会。

会后，一些学生联系我，询问具体情况。这群十八岁上下、面庞青涩的00后学生竟然抛出的都是非常实际的问题："你们录取多少人，现在报名的有多少人？"当我说出相应的数据后，他们在一句"有这么多人报考啊，那我绝对没机会了"之后便作鸟兽散。

不愿冒险是当下许多人普遍的心态。躲在自定义的舒适圈里，做种种权衡，坚持的一种人生理念是自己付出了就必须有所回报，不委屈自己，不做无果的事情。这样的安全感，很容易使一个人忘记来这人间一趟的价值和意义。

一天深夜，接到朋友J的电话，他说自己此刻正在替学校某个领导写书面材料，这种滋味非常难受。我感到诧异，身处研三的他应该为考博，为写毕业论文而苦恼，何必将自己陷入原本反感的行政事务中？J说，为了留校，到党委宣传部去工作，他必须这样。

而之前数十次，我们通话聊天，J都在说着自己要全力考博的事情。为此，他在别人为考上研究生而沾沾自喜的时候，他已经在准备各种材料，打探各方信息，联系各个博导，持续了两年多。我对他这样执着追求未来的拼劲儿非常敬佩。但就在博士报名的前几个月，他突然说自己要放弃。

"我父母年纪大了，我不能一味由着自己的性子来，我要收起那些理想，它们太不确定了。博士不好考，读博过程也不容易，反正最后都是要工作，我就先去宣传部待着，那边福利不错，以后还能考在职博士。真的，考博这条路，我走得太累了，我现在需要确定的东西，我需要生存。"

听着J的这番话，我有些心酸。人世艰辛，活着不是一门容易的学问，太多人为了舒服点活着，都想省些力气。

对门来了新住户，是个矮胖的姑娘。我每次下班回来，都碰见她在小区运动场跑步，动静很大，咚咚咚，像擂鼓。周围人都把目光投到她身上，其中一些身材苗条的女孩子还扑哧笑出了声。对门姑娘丝毫不在乎旁人的眼色，继续汗流浃背地跑着。我问她原因，她说一个月后公司要进行团建活动，是五千米长跑，自己身体一直很笨拙，想练习一下。我问："你是想赢吗？"她笑着摇了摇

Chapter 2
努力的人有星辰大海

头,说:"就我这样还想赢?只是想着到时候跑起来不要太难看就行。"

那天,忽然下了些雨,对门姑娘跑完那场准备了许久的长跑回来,全身湿透了。雨滴顺着刘海儿滑到她有些泛白的脸上,运动鞋鞋面上沾满了泥和一些草叶,但她很开心,对我说:"一直跑在偏后的位置,但我很满足了。身旁倒了好几个姑娘,我就在想,如果我平常不练习,今天应该也跟她们一样。我觉得,自己其实是个胜利者,因为我跑赢了从前的自己。"

明知前路崎岖,却仍然选择前往,克服重重阻力,与自己较劲。我也如此对待生命中的每一天,它们构成了我美妙的世界。

2

我永远不会忘记在前往兰屿的船上,自己呕吐不止的情形。那天的海格外不平静,波澜四起,船身摇荡,我体内也在翻江倒海,望着船舱外的无边大海,有些绝望。此时一个水手过来告诉我:"你听着风声、海涛声,在混乱中寻找宁静,放空自己,一切都会过去,一切都会好。"他满身健硕,脸上有让人安定的笑容。我在痛苦中报以微笑,点点头。

之后,风停了,海浪像温驯的羊羔躺在我们膝下。我意识到水手说的话,其实是让自己转移注意力,忘却身上的疼痛。

我静坐着,看着窗外的海,有最深的蓝。想到自己出发前的挣扎,是否为了看这样的蓝而与自己不算好的体质周旋,后来还是前往了。和晕船搏斗的过程，也是一次成长的过程，自己逐渐放下恐惧、焦躁、疼痛，换来内心的安宁和外面如梦般的世界。

我一直是一个不断在和自己赛跑的人，目的并不是得到冠军，而是在这途中不断让别人看到自己，期盼着笔下的文字进入更多人的心里，寻觅知音。为此，我在学生时期常去参加一些重要的文学创作比赛，许是运气好的缘故，成绩都还可以。当我告别了学生时代，开始参加面向社会的成人文学奖项评比，很多时候结果不尽如人意，可我并不难过。

3

一回，领导把某项省级文学奖的评选通知发给我，让我准备好材料上报。因为日常个人可支配时间并不多，我只能趁着没有课的时候，跑去学校人事处、所在地区的派出所开各种证明，夜里坐了近一小时的公交车回来，又四处寻找营业到较晚时间的复印店打印诸多材料。来来回回，耗尽精力，又想到此次参与评奖的对手都非常厉害，我蹲在街头，脑子里尽是想放弃的念头。但一阵车流从眼前一闪而过后，我又振作起来，因为我想到自己日夜写作的场景，为了文字不惜与父母翻脸的时刻，还有那些读者读完作品后感动的面庞，我已经做了这么多的努力，走了这么长的路，怎能停下？即便知道评奖无望，但我愿意参与其中，为的是让更多的人读到自己的文字，为的是让内心舒服。

Chapter 2
努力的人有星辰大海

4

一直很喜欢美国作家哈珀·李的小说《杀死一只知更鸟》，书里头有提到"勇敢"一词的含义："勇敢是：当你还未开始就已知道自己会输，可你依然要去做，而且无论如何都要把它坚持到底。你很少能赢，但有时也会。"

很长一段时间里，你或许处于恋爱的恐惧中，怕最后自己怎么也得不到一个人的心，便放弃之前所有的努力，另找他人；你或许深陷都市生存的难题里，每天面对诸多压力：工资、房贷、水电、医疗、餐费……你每天都在与现实妥协，追求理想便成了你闭口不言的一件事情。

余生多风雪，但请你相信，一个努力的人，命运总会善待他，结局都不会差。

后来，我在那项文学奖评选中获得了入围奖，与主奖擦肩而过，但我不曾哀戚，因为自己也得到了评审们的认可，我深知自身还需历练。

颁奖典礼结束的那天晚上，我一个人走在空空荡荡的街上，冷风敲击着每一寸肌肤，而我未曾感到寒凉，一股温热的泉流正在体内汩汩上涌。梧桐树落叶纷飞，我看见每一片明知不可再挂枝头的枯叶，飘落的姿态都那样优美。

在这人世的寂夜中，我也望到了生命的磅礴和雍容，专属于每一个单纯而勇敢的灵魂。

你偷过的懒，终会成为囚禁你的牢

> 人生是有得有失、悲喜平衡的过程，没有人会一直痛苦下去，
> 也没有谁会一直快乐下去。
> 你因偷懒享受到的快乐，会在未来以痛苦的方式囚禁你。

1

夏天，我喜欢穿纯白色T恤出门。虽然没走几步路，上身都会被汗水浸湿，旁人能清晰地瞥见自己清瘦的骨架，但从小对白色棉质衣物的钟情已经根深蒂固。

回到家中，打开空调，脱下汗涔涔的衣服，趴在凉席上，摊开四肢，整个人像游回深海的鲸鱼，再也不想动弹。第二天，被汗水浇透过的白T恤开始长上霉斑，如同一个光鲜的年轻人突然间老去，我触目惊心，懊悔不已。

因为自己没有及时清洗，买回来还没穿几次的衣服无法再穿出去。当我用剪刀把它裁成一块块抹布、擦脚布的时候，我觉得我的

心正被捣碎。

上初中后，开始接触英语。从小就喜欢模仿动物发声的我，对语言类学科非常感兴趣。

日常除了按照英语老师在课上提供的那一套方法背单词背课文，我还央求我爸买来复读机和DVD机，有时间就一个人躲在房间里听英文磁带，看英语电影，矫情地模仿里面的咬字发音，现在一回想那些场景就一身鸡皮疙瘩。

但效果还是有的，一两周过去，我们进行单元检测，我竟然拿了全班英语最高分。

可好景不长，我太骄傲了，为这点成绩沾沾自喜，开始轻视英语，三天打鱼两天晒网，学习的节奏慢了下来。复读机跟DVD机都覆盖上了一层灰。

第二回单元考，我的成绩只到了班上中间位置。我爸脾气不好，拿起鞭子抽打我，我那时想法还很幼稚，把这一切归罪于英语，跟它怄气，不想碰它。

后来英语一直是我的软肋，每次看到有关国外访学的申请通知，我都望而却步。

2

一直记得电影《无间道》中倪坤时常挂在嘴边的一句台词："出来混，迟早是要还的。" 幼年的倪永孝并不懂这话的宿命意味，直到故事末尾，经历了人世种种才理解了父亲倪坤的这句至理名言。

在这人世，在这江湖，你所欠下的，终究都会在未来某一天悉数归还。同样，我们偷过的懒，迟早都是要还回来的。还不回来的，就会变成巴掌，一个个打在你脸上，分外响亮。

3

2015年3月底，我收到湖南卫视《天天向上》节目组导演的邀请。他们打算在四月初录制一期关于世界读书日主题的节目，经人介绍，便想联系我。

那时我正在对岸交换学习，在东吴大学的操场上看到这条信息，兴奋地跑了几圈，然后躺在草地上，想着自己是不是就要红了。

随后我联系负责交换生日常事务的吴老师，她告诉我，因为交换生的签证比较特殊，如果返回大陆的话，就不能直接再来东吴学习了。我问她有没有解决的办法，她说，有是有，但很麻烦，需要再走一遍之前的程序。

我想起从最初报名、填报材料、面试、到研究生处备案等一系列手续，觉得太累了，突然间整个人戳在吴老师的办公室里，心里打起了退堂鼓。

我失落地回到宿舍，给导演发了无法录制的回复，导演对我表示遗憾。我同龄的一些作家朋友知道消息后，纷纷让我把导演的联系方式给他们，试图填补我的空位。我的责编跟我说："你知道有

Chapter 2
努力的人有星辰大海

多少人挤破脑袋想去吗？你这样拱手让人，这种机会一旦错过就永远不再有了。"

二十多天后，那期关于世界读书日的节目出来了，我没有去看。只是后来责编跟我说，有个与我同龄的90后男作家因此火了，他的书一夜间销售数万册。

我默默听着，没有回应一句话。

读书的时候偷懒，等到考试时看到周围人奋笔疾书的样子，你只能对着自己还是一片白茫茫的卷子干着急。

健身的时候偷懒，等发现曾经的同学都练出倒三角、八块腹肌、人鱼线的时候，你只能朝着镜子里自己的水桶腰苦笑。

找工作的时候偷懒，觉得太累了，等见着不如自己的同学经过努力投递简历而最终应聘到名企职位时，你只能埋怨自己运气差。

4

在一次高校教师培训会上，我见到了来自荷兰罗斯福精英学院的Rene教授，已过花甲之年的他，穿着白衬衫，依旧神采奕奕。我用蹩脚的英语询问他，关于拖延、懒惰的成因。他微笑着跟我说："是来自你的逃避，对繁忙生活的逃避，对未知世界的逃避。"

要制作关于部门未来企划的PPT，你无从下手，索性就冲杯咖啡，喝着也觉得少了点味道，你又打开电脑，说看一会儿综艺节目或网剧，结果盯着显示屏就是许久，这一放松半天时间就过去了，PPT上仍旧空白，你又熬夜制作，随便应付，翌日被领导批评，看见其他同事因认真准备而"受宠",开始抱怨自己怀才不遇。

记得看电影《火星救援》时,对马特达蒙说的一段话印象极深。

当他孤零零地被扔在火星上时,面对艰难的处境,他没有选择抱怨或空想,而是让自己忙起来做各种事。故事结尾处,人们听到马特达蒙这样讲道:"面对困难时,你可以选择等死,也可以选择马上动手解决问题,解决完一个,就再解决一个,解决了足够多的问题,然后就可以回家了。"

5

面对一亩田,我们不能只想到它秋天时一片金黄的收获,而是应该从春天的脚下开始一步一步耕作,诚实面对自我。

人生是有得有失、悲喜平衡的过程,没有人会一直痛苦下去,也没有谁会一直快乐下去。你因偷懒享受到的快乐,会在未来以痛苦的方式囚禁你。

怎样摆脱偷懒的毛病呢?

"别想了,快去做!"

只有这个答案。

Chapter 2
努力的人有星辰大海

世间所有的美好都来自热爱

时间一长，一个人就容易耗尽对这世间的爱，
可支撑我们向着不确定的未来勇敢奔去的都是这些爱啊，
一旦丧失，便很难再建立起来。

1

我虽然喜欢孤独，但时常也会约上要好的朋友一起吃饭。

我们在菜馆必点的一道菜是鱼香茄饼，油炸得分外酥脆的面粉外皮包裹着斜切成片的茄子，咬到的一刻，感觉一切都变得无比美好，这是美食特有的治愈功能。

好吃的菜，多半做起来费劲，比如鱼香茄饼。先是要将绞好的猪肉与盐、太白粉拌匀，然后面粉调成厚糊，茄子斜切成厚片，中间再切一刀但不要切断，往里填入适当的绞肉。之后把油烧热，茄片裹面糊入热油，炸至金黄色之后盛盘。最后将葱花、姜末、蒜末等香料调匀，炒锅加入油烧热，倒入刚调匀的料爆炒均匀，淋在茄

饼上。

因为过程较为复杂,很多饭店都没将它写在菜单上。我跟D在学校周围寻找了很多家菜馆才最终尝到。但美味也不恒定,不仅跟所取调料分量多少有关,更多时候是跟掌勺师傅的心情息息相关。

一次,我们等待许久,老板端着鱼香茄饼上桌了。D比我着急多了,拿起筷子即刻夹了一片尝起来,刚咬一口,便说:"觉得今天的这道菜跟前两天吃的味道不太一样。"

"是不是面粉炸得有些厚了,醋放得多了点?"我也夹起一片放进嘴里。

D摇了摇头,说:"这些都不是重点,重点是今天的厨师缺了点爱。一个人是否带着爱做事情,是很容易让周围的人感觉到的。"

我听着D说的这句话,第一时间想到我妈。一个把青春献给柴米油盐、锅碗瓢盆的女人,整天为了丈夫孩子的三餐在菜市场和厨房间兜转,把自己世界的疆域圈得极为狭小。

餐桌上的一粥一菜都体现着她的内心世界,快乐时,做菜是带着幸福感的,色香味俱全;悲伤时,菜肴里撒的都是她的怨气、无所谓的态度,偏咸偏辣,或清汤寡水食之无味,顿觉食材都被辜负了。

从小到大,我在饭桌上尝到了食物的酸甜苦辣,也尝到了一个女人的半生滋味。多少次我看着父母之间的"战争"就爆发在这里,女人的碎碎叨叨,男人的摔碗掀桌,然后二人愤然离席。人散

Chapter 2
努力的人有星辰大海

了,菜凉了,我一个人往嘴里扒着饭,没吃几口,眼泪就下来了,觉得生活的宴席是苦涩的。

往后的菜,我妈越发无心去做,盘里盛放的是不甘,是恨意,一道道菜像一张张怨妇的脸。她心里不再有爱这一种调味剂轻易撒出。

我怀念母亲年轻时经常做的青椒胡萝卜炒猪肝,也是一道需付出耐心才能完成的菜肴。先用清水加几滴白醋把猪肝泡两个小时,然后切薄片,加生抽、料酒、淀粉拌匀,再将青椒、胡萝卜切片,葱、姜、蒜切碎。锅中油热后,放入葱、姜、蒜炒香,接着放入猪肝急火翻炒五六分钟,盛出备用。而后锅中重新放油,放入青椒、胡萝卜炒,最后再将之前的猪肝放入,翻炒两三分钟,加盐调味。

过程略显烦琐,但把菜置入盘中的一刻,母亲脸上绽放的笑容,也像是一味调料,撒在了食物上,无比美味。

那时我们一家深陷在贫穷里,但因为母亲对家人、对生活、对未来的热爱,再难咽的食材也能被她除去苦味、腥味,做成餐桌上一顿顿宽慰灵魂的美食。

2

在宝岛交换学习时认识了J,她从台大金融专业毕业后,去了一家世界500强的企业工作,周围人都非常羡慕。工作的两年里,她在忙碌之余,总会捡起自己从小就喜欢的手绘爱好,她擅长画建筑和花草。

在我回到大陆后,有一天她突然打来一通语音电话,说她辞职了，现在人在开往西宁的火车上，准备去塔尔寺写生。以后要在大陆待一段时间，做文创相关的工作。

那天通话并不顺畅，信号时断时续，但我清楚地记得J在电话里如同回到学生时代单纯而快乐的声音。她是我见过的众多女生当中非常聪明伶俐又有理想抱负的一个，所有人都很看好她的未来。没有谁会想到，她突然间就潇洒地离开原来优越的环境，而选择自己内心的道路。

"工作的这两年，做着每天都差不多的事情，发现自己身上并没有什么变化，有的话，也只是全身不断感觉到的疲惫和空虚。有一次我对着窗外画画的时候，突然觉得自己不能藏在别人眼中安全舒适的生活里，我要从这封闭的洞中出来，做自己真正喜欢的事情。"

J没有估量此后生活会有多大的风险，周围亲人朋友如何看待自己的目光，也没有被年龄、性别、身份、目前个人仅有的资金绑住手脚，只是因为热爱，听从内心，对过去摆摆手，走到现在。

父母逐渐老去，他们会愿意孩子生活在俗世的标准里，至于我们内心真正在燃烧的梦想，他们无法感同身受。随着年岁的增长，每个人都应该活得更加清醒，自己要去走一条什么样的路，已经不是别人所能左右的了。

3

二十五岁以后，我们要为自己做的决定越来越多，而做出这些决定的依据已不是你预估的收益、获得的权力，而是心中的热爱，

Chapter 2
努力的人有星辰大海

对人生意义的追寻。缺了这些，你就像终日待在厨房里抱有诸多怨言的女人，做出的饭菜早已索然无味。

二十五岁的我，离开学生时代，进入职场，虽然还身处在校园里，但站在讲台上的我已经不再拥有跟底下学生一样轻松的时光。每天备课，上课，应对顽劣的学生，开会，做部门安排的其他事务，有时甚至周末也在忙碌，觉得日子都是带着壳的，从清晨睁开眼，我就要背着这壳到深夜。就这样，我熬过了自己的二十五岁、二十六岁。

之后，我的薪水加了，职称也往上评了，领导跟我谈了几次话，说要重用我，希望我能继续在岗位上发光发热。不久，我就发烧了，在医院里躺了两天，出来的时候，阳光极其晃眼，我抬起疲惫的手臂遮挡。眼前人潮涌动，我站在医院门口，木讷地瞧着这个世界，觉得自己真像一缕轻飘飘的鬼魂，不免苦笑了一下。

4

路过财富广场的一家书店，看见昔日朋友出版了自己人生的第一本书，曾几何时还在我跟前抱怨出书艰难的他，这下却已经有了一本足以摆在畅销展台上的作品。而我呢，在这工作的一两年里，几乎没写过一篇像样的文章，与读者的距离越发遥远。当我想到日子就这样绵延下去的时候，我感到害怕。我久久没有离开，捧着朋友的书，狠狠咬了一下自己的嘴皮。

那天晚上，我内心翻江倒海，关了电脑跟手机，也把各种工作材料锁进抽屉里。一个人早早躺在床上对着天花板看了很长时间,之后又把自己以前出的书拿出来,凝视着封面上自己的名字,难过地哭了。

想起曾经看过的一部电影《穿普拉达的女王》,女主Andy在事业如日中天时选择辞职,她走出杂志社大楼的时候,笑得非常灿烂。即便在街头遇见以前总在摧残自己的领导Miranda时,她也从容微笑着向对方打着招呼。当时自己并不明白她的做法,现在却能感同身受了。我从桌上取来日历,找到后面的一个日期,在旁边写下两个字——"辞职"。

人生永远都不只有一种活法,很多人之所以过得无趣,是因为他并没有过上靠近自己理想而快乐的生活。放久的果蔬,不新鲜了,将就;遇到的人,错了,将就;找的工作,让人身心俱疲了,将就。时间一长,一个人就容易耗尽对这世间的爱,可支撑我们向着不确定的未来勇敢奔去的都是这些爱啊,一旦丧失,便很难再建立。

回到厨房,回到餐桌,在生活的杯盘中重新盛满热爱。

寻回理想,寻回初心,在人生的纸页上继续写下热爱。

世间所有的美好都源于热爱,它是不熄的火焰,是不竭的泉涌,抵抗着生命中所有的艰辛、疲乏与失望,使我们每个人都能活出独特的自己,并把身上的力量带给四周的人。

此刻,如果你还痛恨着自己所处的黑暗,那么就请成为你所热爱的光,慢慢照亮这个世界。

Chapter 2
努力的人有星辰大海

我还年轻，还要大声唱着时间的歌

> 有野心是一件非常美好的事情，
> 我们无须声张，只管在现实的田地里潜心耕耘，
> 等它瓜熟蒂落。

1

有一次，我在课上给学生布置了一道写作题，让他们当堂创作。

下课铃响，教室里仅剩下前排一个瘦小的女生仍在埋头写着，我没有打断她，只站在讲台上等她交卷。她突然抬头，看向我，说："老师，我写不完了，可以带回家完成吗？"我摇了摇头，见她沮丧，便问："还剩多少内容？""目前写到四千字了，后面大概还要写一千字。"女生的回答让我感到诧异，在一个半小时内竟然能写这么多。

我随后翻阅了她所写的内容，讲了类似《白夜行》这样的悬疑

都会有，都会好

推理故事，行文成熟，思想也很深刻，探讨一个人作恶背后的苦衷及如何救赎。我在翻看间隙，听她在一旁说："我一直想成为东野圭吾那样的作家，写出很厉害的作品，受人欢迎，可我爸总说我在做白日梦，我不管他，仍然自己写自己的……"末尾，她又问我："老师，你觉得我可以吗？""当然。你就回去继续写吧，写完后记得给你爸爸瞧瞧，他会支持你的。"我微笑着点了点头，心想这真是一个有野心的家伙。

在回住所途中，我一个人走着走着突然停下脚步，望着山城的茫茫夜色，似乎自己的影子都已融入其中，在一片虚无的暗中无法找寻，回不回去好像不重要，去哪里都可以。那一刻，我成了一个失去方向感的人，其实是丢了自己的野心。当学生时，目标很明确，为了未来想要的人生不断努力。可当自己进入职场，在庸常琐事和理想信仰间摇摆，最终懦弱，安于现状，失去了当初的执着、追求，野心逐渐被平凡日常驯养，野性急速衰退。

同事L一直宽慰我不要想太多。他年长我两岁，初见他时，他已年满二十八岁，脾性温和，眼中常流露出看淡世事般的目光。部门有任务，他不插手，有活动，他不参加，有评奖，他不在乎，活得异常佛系。与他相处久了，我也不免像他那样，碰到种种事，都会在心底来一段杨绛的话："我和谁都不争，和谁争我都不屑。简朴的生活、高贵的灵魂是人生的至高境界。"带着这样的态度，我度过了两年的职场生活。复杂的人际圈子逐渐缩小，变得单纯，工作上没遇到太大的挫折，岁月风平，仿佛五年后、十年后，我也过

> Chapter 2
> 努力的人有星辰大海

着L口中稳定、舒适而安全的生活。

但有一天,我对这样的生活感到深深的惶恐。平常没有看朋友圈习惯的我,不小心按了动态更新,跳出几条关于Z的信息。那一年Z刚刚开始写作,因为喜欢我的作品便来加我好友,她发来自己的习作给我看,尚有些稚嫩。习作末尾,她附了一段个人简介,我才知道她就读于一所工科类独立学院,写作环境并不理想,但Z非常努力,几次都表达了自己要换个学习环境的愿望。由于日常繁忙,我不常与人联系,Z逐渐和我疏远。从没想过,当我再次在朋友圈看见她时,她已经成了北京电影学院的博士生,发表了众多文学作品和学术论文。

我才意识到工作后的这些年,与自己有过交集的年轻人都在一一往前飞奔,而自己却在原地踏步,所有过往的荣光都渐渐暗淡,曾经有过的优越感也在那一刻烟消云散。那个夜晚,我在阳台上坐了很久,捶打自己一阵后,陷入了长久的沉默,只记得眼里一片湿润。我像个从自己制造的骗局中醒来的人,开始怀念学生时代对世界充满野心的自己,开始怀疑现在自己身上的佛系是不是一种对现实的逃避,或是对自我的蒙蔽。

2

我生在乡村,从小身旁便围坐着一群一生都与城市无太多关联的村民,聊着鸡鸭牛羊、河里鱼虾、豆苗长势和二十四节气。他们看过去,都好像是这人间最没野心的一群人,我的叔公也是其中一个。从我记事起，常见他肩上挑着简单的行李，独行于荒野古道。他在山间自己动手搭了一间茅屋，开荒耕种，自给自足，多少年过去，仍坚持着独身主义，不为俗世费尽心力，像个隐士。

后来，我才知道每一个隐士都是跟红尘打过最深交道的人。叔公年轻时也曾走南闯北，经历大风大浪，用力地活，去追寻自己的理想与爱情，得到过，但最后都失去了。老了之后，他选择了这样一种清静无为的人生。其实，这符合生命成长的状态。

当我们的舌面尚且单薄稚嫩的时候，是需要去尝尽人间万千的滋味，而后它才能被时间锻造得尤为厚实，不再如幼童那样害怕烫，害怕冷。年轻时，我们选择佛系，往往由于自身在某些方面能力的缺失，为避免恐慌、焦虑，我们进行这样一种自我保护。时间一久，就很容易耽误后来的人生，最后，只能让眼泪为自己的追悔莫及埋单。

我开始喜欢跟有野心的年轻人交朋友。他们年龄不大，却能意识到在什么样的年纪应该做什么样的事情，懂得在青春时一个人努力的重要性，只有努力越过人山人海，才有诗和远方。在自己什么都没有的时候，谈人生淡泊，非常可笑，也没资格。

3

我反感将自己的野心跟梦想到处宣扬的人，一旦说过的话无法实现，时间会在他们脸上打出一记响亮的耳光。很疼吧，自找的。只有野心，没有行动，是在纸上谈兵，永远只能在现实里梦游，等

Chapter 2
努力的人有星辰大海

大梦一醒,才知道自己的世界空空如也。有野心是一件非常美好的事情,我们无须声张,只管在现实的田地里潜心耕耘,等它瓜熟蒂落。

野心是自己对自己的期待,是自己与自己的约定。我还未老去,一切便都有可能。因为没有,更要努力去获得,不要为了逃避而把自己过早站成佛系的姿态,还给自己一堆心理安慰。

我还很年轻,我要跟这世界好好谈谈野心。

都会有，都会好

此间少年，岁月光辉

> 每个人都身披铠甲，在生活与现实的战场上，独自去闯，冲锋陷阵，踏过铁马冰河，躲过刀光剑影，终将抵达璀璨岁月砌出的城池之巅，成为自己的超级英雄。

1

1988年，南非黑人领袖曼德拉在被关押十五年之久后出狱了，那一年同样追求平等与自由的一支年轻乐队前往访问曼德拉，回来后创作了一首歌来纪念曼德拉伟大而辉煌的一生。这支乐队是Beyond，这首歌就是《光辉岁月》。

歌曲赞颂的并非一个人现时所获得的明艳，而是他为理想及人生意义的实现而奋斗的过程。这其间的焦灼、迷惘、失落、哀戚、困顿，只有歌里的人尤为清楚，不曾在世间路途中乘坐过山车的人无法体会。

如何理解"光辉"，往往需要"黑暗"这个词的介入。就像在

Chapter 2
努力的人有星辰大海

电影《喜剧之王》里,当柳飘飘望着眼前的夜色问尹天仇"前面黑漆漆的,什么也看不到"时,尹天仇眼中盈满星辰,答道:"也不是,天亮后便会很美的。"所有璀璨的时刻,必然伴随着之前无尽的暗淡。这些暗淡里有我们的踟蹰不前、郁郁寡欢、无人理解,像黑夜笼罩赶路的你我。

我们被囚禁在黑暗密度最大的容器中,唯有奋力挣脱,才能跳出瓶口,得到辽阔天地,在日月星辰下、在山川湖海中畅快呼吸,洒在每寸皮肤上的光亮,顿觉轻柔而温热。

不会忘记初三时一个忽然停电的夜晚,教室里嘘声一片,之后陷入沉寂。不知是谁率先在黑暗中唱起歌来:"钟声响起归家的讯号,在他生命里,仿佛带点唏嘘……"接着一个又一个的声音在这漆黑的夜中附和着。有人打开手电筒,亮起一束光,照着唱歌的人,照着这片漫长的黑暗,越来越多的手电筒被打开了,随着手摇摆着,绽放出少年时代最亮的光。

在匍匐前往未来的途中,年轻的生命都裹满风尘,在书山学海中满身疲惫,当全班唱响《光辉岁月》的那个瞬间,我感受到一首歌是能与自己的生命状态呼应,而使自己得到力量。这种力量像有一颗迸射着光与热的星球撞进体内,消解身上的种种苦闷。

这是我在一个突然到来的时刻第一次对"光辉岁月"这类词进行认知,此后在漫长的人生行旅中,我也在经历着自己与别人的光辉岁月。看见个体在风雨霜寒中伸展矫健身姿攀爬无奈或绝望的山岩,让一路与汗粒同落下的哀伤浇灌出枝芽,生命的路径得以郁郁葱葱。

2

我家附近有一对终日吵架的中年夫妻，家中有个孩子，年长我一岁，与我同上一所高中。他喜欢在雨天往窗台上放一排玻璃瓶，水位高低不一，用小木棒敲出歌的旋律。因为离他家较近，我能听到他唱起的歌，发音舒服，节奏连贯，又有起伏，很动听，但往往一首歌只是开了头就被他母亲厉声喝止。紧接着，我望见女人一脚踢开他自制的"乐器"，玻璃瓶被撞碎，像一个孩子死去的梦想。

在焦躁而无趣的家庭环境下，无知的父母剥夺了太多他感受美的权利，他所感兴趣的世界正逐渐被摧垮，活得越来越像件静物。几回在路上见他，他都闷声走路，我也有些难过，不知道怎么安慰他。

高考结束的那年夏天，一次午后，我在街边游荡，听见背后有人叫我，是他，在炽热的阳光下眯着眼睛，流着汗水给一家五金店搬运货物。他知道我的成绩后，特地对我表示了祝贺。我很想问他的情况，欲言又止，心里怕言语笨拙的自己伤到别人，只是微笑着说声谢谢，便走了。之后从同学那里听到他的消息，高考发挥得不错，考进了一所很好的艺术学院，学习自己喜欢的专业。父母并不同意，以家中经济无力承担为由要他放弃，他便通过自己兼职打工赚取学费和生活费。

我很难想象这么年轻的躯壳里要装着怎样坚强的灵魂才能这样

执着向前，寻觅自己的诗和远方。为了摆脱困境，为了成为自己，他承受住这个世界粗暴的、沉重的一面及所有的嘲讽，迎来了自己崭新的岁月。我很遗憾，没在那天送给他一声祝福。

3

萧红曾在1936年深秋只身东渡日本，一日写信给萧军，信中写道：

窗上洒满着白月的当儿，我愿意关了灯，坐下来沉默一些时候，就在这沉默中，忽然像有警钟似的来到我的心上，这不就是我的黄金时代吗？此刻。

当时被贫苦和孤独围困的她，将那段时光视为自己的"黄金时代"，而这"黄金时代"恰好与"光辉岁月"一词有着微妙的呼应。

尘世旖旎，每个人都在识尽严寒风霜后款款走来。那些在漫长黑夜里有过的辛酸、无助和悲哀，谁都约好一样咬牙坚持，不愿轻易跟人吐露。一个人站在成长的舞台上，始终是自己给自己颁奖。

4

考研的那一年，每晚在黑暗的河流上，我都彻夜无眠。常常一个人复习到凌晨，见过了城市最喧闹的时刻，也目睹它最为萧索寂静的模样。有时会觉得自己一个人生活其实并不辛苦，辛苦的是怕等不到好的未来。但这样的想法很快被自己打消，面对出租屋满是

都会有，都会好

污迹与裂纹的墙壁，清楚自己是没有退路的，只能向前，未来才能有转机，过上想要的人生。

复习结束，关上台灯的一刻，窗外已有隐现的云霞，在天边织出一抹很淡的玫瑰红。我站在夜与黎明的关卡，心想应该没有人会比我更清楚它们的色彩，这些生命蜕变的颜色。内心始终响彻着一个声音：自己能被这个世界更好地对待。当然，这需要一个前提，也是唯一的前提，那就是我要努力。

5

研二下学期，我开始找工作。在隆冬的北京，一次次在车程漫长近似无尽的地铁上睡着了，错过了站，又一次次独自蹲在长安街边，看大马路上车来车往，周围人潮一波卷过一波，天色渐晚，高楼亮起灯，像星辰挂在铅色飘浮的低空，我对自己冷嘲道："真是一无所有，连梦想都跟着你受累。"

后来我又兜转回重庆，在出版社实习，整日在做校稿、送报表、找领导签字这样的基本事务。对个别太把自己当回事的高层领导哑然无语，找他几次签名都无果，好不容易等到了，他又看起报纸喝着茶，自己又像孙子似的退出他的办公室，冲动起来，真想撕烂手里的所有材料。与复杂的俗世周旋，把自己弄得跟条狗一样，气喘吁吁。那天夜里，我在床上躺了半天也没睡着，后来眼睛矫情地红了。

一年后，我硕士毕业，成为一名大学老师。一天夜里，当我

Chapter 2
努力的人有星辰大海

路过学校附近的广场时,耳边传来记忆中那首分外熟悉的歌,是Beyond的《光辉岁月》。

"年月把拥有变做失去,疲倦的双眼带着期望,今天只有残留的躯壳,迎接光辉岁月,风雨中抱紧自由,一生经过彷徨的挣扎,自信可改变未来,问谁又能做到……"在这歌声里,久远的时光仿佛回来了,它站在我身旁,看着我身上此刻被岁月镀上的一层层悲喜。

我穿过围观的人潮,来到男生面前,他抱着吉他深情弹唱着,人如琴弦,在生命的琴面上竭力震颤。昏黄的灯光下,他瘦削的身影那么闪耀,像每一个曾经拼尽青春不屈服于世界的少年。

多年之后,我们才会真正明白光辉岁月不是被镁光灯照亮的那个瞬间,而是暗夜行路中自己那张疲惫的脸被路过的车灯一次次扫过的时刻;不是在红毯上走路带风,被人艳羡、赞颂、簇拥的场景,而是在多少大雨滂沱时自己断木为舟艰难渡河的情景。

一路走来,心里难过,眼中却已无泪水。命运将我们锻造得如此刚强,如此勇敢,是一枚从时间那里要得了自由足以能掌控自己的棋子,跳出棋盘,不再任人摆布、虚掷人生。

每个人都身披铠甲,在生活与现实的战场上,独自去闯,冲锋陷阵,踏过铁马冰河,躲过刀光剑影,我们终将抵达璀璨岁月砌出的城池之巅,成为自己的超级英雄。

都会有，都会好

向前跑，冥王星

很多年以后回首风雨交加的往昔，
我始终感谢那个像极了冥王星的男孩，因为他的不肯低头，
因为他的执着证明，眼泪熬至天明终成珍珠。

1

直到现在，我爸都不敢相信曾经在他跟前连插秧这项农活都不会的我，竟然能站在讲台上，成为一名大学老师。

有好几次要上课时，他都让我跟他视频聊天，他想看看我上课的情景，由于学校规定，我无法在课上接打手机，便拒绝了他。我爸失落得像个没要到礼物的小孩，跟我说："那下次，下次啰。"

为了满足他，我在课间与他进行视频，用手机在教室扫了一圈，有学生冲着镜头笑，我爸在视频里咧着嘴笑，整张脸凑上来，我看见他皱纹又多了不少，随即他挂断通话，打过来四个字："不可思议。"我有些哭笑不得。

Chapter 2
努力的人有星辰大海

说实话,我从小就不是个脑瓜机灵的孩子,我爸经常挂在嘴边的话就是:"你必须靠努力才有将来!"因此,他在学习上对我严加管教,想改变我并不被人看好的人生。

平日里不许看电视,放学后必须早点回家做功课,不准把时间花在跟其他孩子玩耍上。我爸很重视我的作息,为了我每天六点能够按时早起,他准备了一根竹鞭,我一旦睡懒觉,我爸就拿着鞭子摸进我房间。如果作业做到很晚,他也会拿着鞭子出现在我面前。由于我爸的长期鞭策,我的学习成绩一直位于年级前列,初中时都保持在前十,最后获得保送高中的资格。

上高中后,我开始离开家,寄宿在学校里。身旁没有父母的监督,我获得了从未有过的自由,随心所欲地看自己想看的书,写诗,写小说,整个人就像逐渐失去舵盘的船只,在学习的汪洋里失控了。尤其在数学这一门课上,出现严重塌方,不及格成了家常便饭,我从来没有得到高中数学老师的好脸色。

高二那年的家长会,我爸坐在班级最后面,靠近卫生角的座位,拿着我的成绩单,整张脸都涨红了,似乎顷刻间就会爆炸。我在教室外,透过窗户往里看了一眼,旋即背过身,怕与我爸四目交接。散会后,我本想逃走,但转念一想自己又能逃去哪里,我爸就是如来,我怎么也逃脱不了他的五指山,该来的始终都要自己去面对。

当我做好心理准备,闭上眼睛,想着自己要被他揍一顿的时候,双眼微闭间瞧见身体已显臃肿的他奔向我的数学老师,一席话

101

后,他走过来,叹了口气,说:"明天就去金老师那里补课吧。"这是我记事起考试考砸后听他说得最轻柔的一次。我想送我爸下楼,他朝我扬起手,示意我直接去教室,不必送。他转过身的一刻,整个人那么疲惫,像一只有些使不上劲儿的骆驼。他老了。那个瞬间,我心中一片酸涩。

2

金老师是我们当地数学学科带头人,许多家长都慕名而来,将孩子送到他的补习课堂。他眼窝深陷,人很精瘦,日常肢体动作丰富,说话有些尖酸,尤其是对他眼中反应迟钝的学生。他对自己的课堂非常自信,先让学生前来试听,如果不喜欢就可以走人,上了三堂课之后再缴补习费用。

在第二次补习课要结束的时候,他告诉全班同学下次来的时候把补习费用带来。我是个后知后觉的人,这才意识到自己竟然还不清楚具体费用,找到一个熟识的同学一问,顿时有些傻眼。对城里人来说,将近两千元的费用或许不值一提,但对于从农民家庭走出的我而言,却有些雪上加霜。

那个下午,在所有人走后,我一个人坐在教室里,内心十分焦灼,问家里要钱吗,还是选择离开补习学校?最后自己咬咬牙,选了后者。起身要走前,又看了看金老师所租的这间教室,自己坐过的座位,毕竟在这里上了两次课,说走就走心里也有些愧疚,便走到后排拿起扫把、簸箕做了一次教室卫生。这是我临走时唯一能做

Chapter 2
努力的人有星辰大海

的事了。

之后再补习时,整个教室就唯独我坐过的座位是空的。夜里,我一个人在街上走着,曾经跟一群同学怕补习迟到而抄近路跑过的巷子此刻空空荡荡。路的另一头通向由废弃幼儿园改建的补习学校,轮廓也逐渐模糊不清,那个世界离我是如此遥远。我不知道该怎样面对今后学习的道路,数学如一堵高耸厚实的墙砌于自己面前,我能越过吗?心中鼓声点点,幽微孱弱。

3

正当我面对往昔常走的路突然间迈不出一个步子时,我爸打来一通电话。我接起,听他说这阵子家中农事较忙,忘了给我补习费了,问我着不着急,他可以明天就来学校。我鼻子有些酸,哽咽了一声,我爸耳朵那时还很灵敏,瞬间就听出我不对劲,在电话里忙问怎么回事。我说:"爸,我可以不用补习,也能把数学学好的!"他一听这话,大概猜出了我的情况,有点火大,说:"你是我儿子,几斤几两我最清楚,是不是补习费比较贵,就想放弃了?只要我跟你妈身体没垮,我们就能一直供你读书,这点钱不算什么!听我的,你要补习,我这两天就上去!"在被夜色围拢而显无助的时刻,听到我爸这么说,心里噗地升起了火光,眼眶不知不觉就红了,哭喊着:"爸,你不要来!我已经决定了。你要相信我,相信我可以学好数学,我会努力的!"我爸性子急,脾气犟,原以为自己拗不过他。但那次我爸听我说完后,竟然放低了声音,说:

都会有，都会好

"好吧，你自己决定。"人生中第一次感受到他的温柔，我用一只手抚去泪水，坚定地给了他一声"嗯"，挂断了电话。之后我咬咬牙，在微冷的夜中跑起来，像一阵风吹进另一阵风。

星期一上课时，同学告诉我金老师在我退出补习班后，当着全班同学的面数落我，说从没见过像我这样笨的学生，以后肯定考不上大学，考个大专都费力。全班听完一阵哄笑。我讨厌金老师的做法，他只盯着我某一科不理想的成绩看，而忽视我在其他科目上的表现。我的政治成绩连续几次全年级第一，语文分数都在130分以上，历史和地理成绩虽不抢眼，但也位于年级前列。他以数学一科的成绩否定了我的所有，让我成为大家的笑话，我感到难过又愤怒。

夜里，我回到寝室，撕碎了那张放在桌上的补习班缴费表和以前的数学作业本，纸页纷飞，如获自由的白鸟伴着窗外吹来的晚风四散而去，但一部分没能离开这屋子，它们落下，与尘埃同眠。寂静中，我似乎能听见月光爬进来的声音，它踱过地板，蹚过杯中的水，爬到我的眼眶，跳进去，闪出泪光。我第一次发现自己如此要强，要自尊，要所有人的肯定，我不想让人看轻自己，贬低自己。我要证明给他们看！一股强大的力量在心底翻起汹涌波浪，仿佛能击垮体内所有懒惰的细胞。

4

我开始冷静下来，暂且放下自己的创作，重新面对数学，制订

> Chapter 2
> 努力的人有星辰大海

相关计划并严格执行,一条公式一条公式地背,一个几何一个几何地画,一道题一道题地解,忘记之前的无知,忘记昼夜的分界线,像重新遇见一个自己,我相信只要努力付出,再笨拙的人也会有无限可能。长风呼啸中,我如一列火车在暗夜的原野上奔驰着,全力往前,只为没有遗憾地抵达高考这个十八岁的终点站。等我再回首,曾经看似一片废墟的过去,都将变得那么灿烂。

高考前的一次月考,将数学试卷交到监考老师手里的一刻,我舒了口气。几天后,月考排名出来了,我站在公布栏前面心跳得厉害,真想取出这颗心,按住它。我像一只鹅伸长脖子,在长长的名单上找寻自己的姓名。因为有些自卑,我先从以前常待的位置看起。300名,没有,200名,没有,我咽了下口水,鼓足勇气,目光往100名内游去,后50名,没有,我这下把心提到了嗓子眼,目光继续向前,"27,是27!"我抑制不住内心的激动大声喊了出来。身旁站着一些曾经嘲笑过我的人,此刻,我在余光里瞥见他们脸上复杂的神色。我再看一眼这回月考的数学得分,竟然是100分,是我很久没在自己数学试卷上见到的三位数。我对自己笑了一下,便转过身来,从人潮中退出,向着那条通向高考的路步履郑重地走去,它此刻在我面前是如此明亮。

最后,在六月那两天的盛夏大雨之后,我青春的列车到站了,高考成绩定格在年级第30名。凭着自己的倔强与坚持,没让金老师对我的预言成真。

5

在这所省一级达标高中里,一个学生没有什么能比自己取得闪亮的成绩更重要,因为所有人都以此看待你,评价你,他们不关心你看了多少村上春树的书,学会了几首外文歌曲,又能够画出怎样不同的世界。

在那些四季匆匆更迭的岁月里,我如同那颗被人从八大行星中除名的冥王星一样,不断被周围的人孤立、忽视、遗忘,自己却仍然在不起眼的角落里绽放光芒,没有因为任何一个人的否定而放弃自己。

很多年以后回首风雨交加的往昔,我始终感谢那个像极了冥王星的男孩,因为他的不肯低头,因为他的执着证明,眼泪熬至天明终成珍珠。而我捧着这些珍珠,又走过了生命中几段重要的旅程,站在了此刻的讲台上。它们将成为世上最璀璨的星辰,挂于人生的苍穹,照亮我的未来和那些更为年轻的面庞。

Chapter 2
努力的人有星辰大海

这个世界还很好，我们还是去爱吧

"于是我们领教了世界是何等凶顽，
同时又得知世界也可以变得温存和美好。"

1

春末夏初的一天，母亲把衣橱里许久不穿的衣服拿到院子里晒。突然，她朝屋内唤了我一声。我跑出来，看见母亲站在院中，手里晃动着一封信，她笑着跟我说："从你高中校服兜里翻出来的，真想不到那时候你压力这么大，都想着，想着……"母亲顿了一下，嘴边始终没有漏出信中写到的那个"死"字。

高三那年，我整个人就像一只笼中鸟，被囚在狭小的空间里，渴望飞翔。很多次，我站在教室走廊上望着行政楼楼顶发呆，那是全校最高的地方，一个人如果从那里掉落，是否有一瞬间会觉得自己飞起来了？再也不用待在透不过气的教室里，被题海淹没，被高考倒计时鞭笞着往前，又被身边人的目光不断压迫，笼中的生活如此沉闷。真的，那一年的夏天非常难挨，我心中时常冒出危险的念头。

看许鞍华导演的电影《萧红》，影片开头，祖父常拿瓜果，对幼时的萧红说："长大了，长大了就好了。"成年之后，经历红尘世事的萧红，想起祖父的话，不免在心底添上一句："长是长大了，却没有好。"让人听后不免红了眼眶。

在我身边，许多朋友对于生活、生命的态度，就如萧红所感知的那样苍凉。现实充满困境，我们度过了高三监牢般的时光，又进入了迷茫的大学生活，一不留神，时间就将我们扫出校门。现实境况仿佛洪水猛兽袭来，多少青春的面庞终日惶惶，深陷于强大的自我悲伤中，手足无措，渐渐不再相信前方的光，也渐渐失去对这世界的爱。

我有一个同学叫大瓜，他是老师和同学们眼中多余的人，人很大只，成绩不好，体育课每次跑步总是垫底，好像他的出现和消失都不会影响谁。大瓜在班上只有我一个朋友，因为全班只有我跟他说过话。而我跟他说话的内容、长短其实跟任何一个班里同学一样。可大瓜就觉得我对他好。大瓜爸妈离婚了，谁也不想要他，他一直跟着爱打麻将脾气不好的外婆生活，而外婆家还住着一个学习优秀又会说话的表弟。

高考那年，大瓜说自己想死。那是个台风天，他趴在八楼，把窗户开得大大的，正准备爬上窗台时被他外婆用力拖下来，赏给

> Chapter 2
> 努力的人有星辰大海

他一个巴掌。大瓜哭起来,直喊着要去死,说谁心里都没有他。外婆被气哭了,一直用手拍他软乎乎的身体,说:"那好,去死啊去死啊,看谁会为你哭!看你死得值不值!"外婆费劲地把他推到窗边,那一刻,大瓜第一次发现八楼原来这么高,自己连死的勇气也没有了。

2

上高中那会儿,如果说起我们班上谁最漂亮的话,每个人都会说到花枝。花枝是一个身材高挑、眼睛很大、头发很黑的女生,喜欢穿鲜艳的衣服,就像她的名字一样。但凡有班会或者学校各项比赛,花枝都是主持人。只要她一出现,整个年段的男生眼睛都会变得亮亮的。但花枝的这种自信,随着她高三毕业也一起毕业了。到了大学,花枝突然对自己不自信,觉得自己越来越丑。她不敢照镜子,因为镜子里的她不再是曾经十几岁的模样,皮肤变得有些皱,有点像要坏掉的果实。眼角一笑起来鱼尾纹很明显,好像要翘到天上去,而眼角下面长了一些斑点。

身上的一些地方也开始有了多余的赘肉。她买了好多化妆品,不断地想去掩饰,花了好多钱不说,效果一点都没有。她开始节食,一天主要是吃水果,后来她吃得吐了,终于又捡起了她爱吃的回锅肉和里脊。

花枝跟室友们的关系也处得不好,原因是她觉得室友们打扰了自己的作息时间。

她每天晚上十点前就得爬到床上去，但怎么都睡不着。室友有的在洗澡，一边洗一边唱歌；有的在努力地搓衣服，水龙头开得特别大；有的是跟闺蜜、对象煲电话粥，没个半小时基本是不会歇的。后来花枝决定晚上出去跑步，跑累了，回来洗个澡，就容易入睡了。但有时还没睡到两小时，寝室里打呼噜、磨牙、说梦话的声音此起彼伏，花枝经常上网跟我吐槽，好几次她都在确认自己住的是不是女生宿舍。花枝也想搬出去，但家里人怕她不安全，没同意，让她忍一阵子就习惯了。

花枝说她一天比一天老了，大学里好多女生化完妆都比她漂亮，她要得抑郁症了，好想自己能在年轻的时候死去，这样别人只会记住她美丽的时候。

同事小梦是一个看上去很单纯的女生，学生时代总喜欢留两条小辫子。脸上充满笑容的时候，整个人好像是从清澈的湖水中长出来的一样。但她有一点让人不太喜欢，就是当同事们聚在一起聊得正高兴的时候，她突然插一句"我不知道自己什么时候就会突然死掉，这种感觉越来越强烈"。

她还对我们说起小时候家里人带她去算命的事情，算命先生说她命薄，活不长。我们在旁边听得愕然，原本欢脱的气氛一下子被她带进古希腊悲剧一样的故事里，大家一次又一次努力安慰她，也没效果。后来，大家都达成默契，一起聊天或出来玩的时候，不再叫她。

Chapter 2
努力的人有星辰大海

3

半夜里,小梦经常给我打来电话,嚷嚷着自己哪里又不舒服了,一定是得了某种绝症,活不久了。唉,虽然我已经习惯了,但对于她这样的朋友,我感到一种无奈和莫名的害怕。

小兵也是我遇到的青年中比较忧郁的一个。他的忧郁是来自对现有空间的厌恶和未来空间的畏惧。小兵在出版社工作,干了好些年,仍旧是小职位。每回一想到自己现在的工作和未来的工作都是在相似的空间中进行,面对类似的面孔,走相同的路线,做同样的事情,小兵就觉得自己是一颗螺丝钉,在流水线上,没有存在感。

小兵跟我聊电影的时候时常聊到"死亡"这个话题,说自己活不下去。他一想到工资、住房、物价、日后对妻儿的照顾,以及对父母的赡养,就感觉力不从心,战斗力越来越脆弱。他在未来所要获得的物质生活,仿佛是一个非常厉害的大boss,自己是打不过的。小兵好几次跟我说,自己真想做逃兵。逃离现在的生活,逃出内心的困境。

跟小兵相反的是婷婷,她一直在找工作,却一直受挫。每次从朋友那里或网上听到哪个学校有招聘,婷婷就会像打了鸡血一样跑去那里投简历。碰到稍微牛掰点的单位,她连第一轮面试的机会都没有。她起先特别失落,后来习惯了,还没等工作人员把简历扔到退还处,她就已经站在那里,像只做好觅食准备的流浪猫。

"很多次我在来之前就知道结果了,但不知道自己为什么还要来。或许是真的希望有一天上帝能眷顾自己吧。你跟别人应该都觉得我很坚强,越挫越勇吧,其实我一次比一次脆弱,觉得自己好没用,真想跳楼!"

婷婷在电话里情绪有些失控了,我这时才真正了解了一个在求职途中挣扎的人,内心世界如此不堪。我对她说:"不要多想,再等等吧,上帝总会把好的留在后面。"婷婷在我言罢后"嗯"了一声,似乎能感觉到她脸上那种痛到麻木后露出的微笑。

最近一次和婷婷通话,她跟我说她要准备考硕士来进一步提升自己的实力。我说这个想法很好啊,但心里有个真相没有告诉她,现在即便是研究生,就业前景也不尽如人意。当我在学校招聘大厅看着一大堆写着内地某某著名大学、获得某某奖学金、各种考级证书的硕士简历,从退还处的桌子上撒落的瞬间,我心里很不是滋味。我没有把这些告诉婷婷,是希望她的信念能多坚持一会儿,挨过青春的年纪。

4

这是让我想起来就觉得难过的一拨人。带着负面情绪生活的他们,不仅使自己痛苦不堪,也让周围人感觉不舒服。

曾经我觉得我们都这么年轻,死亡离我们是一件很遥远的事情。但是,当身边的朋友都不约而同在青春的年纪里有了想死的冲动,我不得不开始思考为什么大家都变成这样了。面对物质、现实、未来、衰老、疾病、每天重复的生活、无人理解或懂得时,人

Chapter 2
努力的人有星辰大海

间似乎真不值得我们走上一遭,但转念一想,我们好像一直都只是盯着人生疼痛的伤口,将目光凝成盐巴,撒在上面,伤口之外的美好,却被我们忽视、遗忘。

有多久,我们不再为清晨林间到来的第一缕光线而喜悦?

有多久,我们不再因从泥沼中挣脱而出恣情绽放的莲花而激动?

有多久,我们不再如年少那样能在夏夜里花上足够的耐心等候萤火虫飞来?

又有多久,我们已经看不见茫茫风雪当中母亲牢牢拽住孩童小手的场景,她又是怎样把这世间最为温热而可靠的力量传递给孩子的?

5

我们不断迷失在焦躁的人群中,总在期待一个实质性的结果,在现实与物质构筑的舞台上欢呼跳跃,于是表演中无尽的疲惫和无法获得观众掌声的失落常常汹涌而至。我们都忘了电影《无问西东》当中静坐听雨、雪中听琴的心境,一种来自俗世欲望以外支撑生命的力量。

自然与人情的光芒始终在这世界里闪烁,年轻的我们在暗中忙碌前行,内心时感孤楚、冰冷和现实的恶意,需要靠近它们,得到方向,得到温柔照耀,感受爱与希望。正如村上春树所言:"于是我们领教了世界是何等凶顽,同时又得知世界也可以变得温存和美好。"

6

记得梁漱溟与他父亲梁济有段对话。在1918年的冬天,中国这艘船不知要往何处开时,父亲问梁漱溟:"这个世界会好吗?"说完,梁济眼中满是绝望。梁漱溟却答道:"我相信世界是一天一天往好里去的。"

负面情绪时常捆绑着我们往一种极端去,而无法触摸到这个世界清晰、完整的轮廓,沉湎于悲哀中,我们会失去更多。带着乐观、爱和希望活下去,是我们需要做的事。

在成长的漫长岁月里,我们经历痛,受了苦,知道自己低估了世界。它不单纯,它很复杂;它不温柔,它满是荆棘。黑夜是它,寒冬是它。但这又有什么关系?

命运给予我们如此丰厚的时间,去对抗,去收获,去成为自己。

灯灭了,就亲手再点亮;花落了,就等明年春天再来看。亲爱的,我们都将这样长大,这正是成长的意义。

我们风华正茂,都是梦想不曾死去的行路人,面对明天,还有很多的路要赶。不要偏执,不要敏感,不要画地为牢,给自己提前判"死刑",我们还这么年轻。

未来的世界铺满鲜花与光亮,有溪边饮水的鹿和放在青草微风中的日子,你要努力走过冬天的路去看它们。

这个世界还很好,我们还是去爱吧。

Chapter 3

世界予我 / 寂静欢喜

孤独是一粒陪你我成长的果实,我们在它内部饱满,也在自己心上饱满。勇敢点,去接纳一个与现实单打独斗的自己,穿越时间山河,不失初心,始终温柔。

都会有，都会好

别让他们只跟神说话

> 别让所有寂寞的人都只跟神交流，
> 走近他们，拥抱他们，让所有的叶子挨着叶子，
> 风吹着风，光贴向光。

1

公交车停在某所小学附近时，上来一群学生。

一个胖乎乎的男孩背着很大的书包坐在我身旁。与他擦肩时，我观察到他脸上不同于一般孩子的神色，是没有与外围世界相交的目光，他眼前似乎竖着一块玻璃隔板。

车启动了，周围的小朋友都如放出笼子的鸟叽叽喳喳，相互聊天，讨论老师、动画片、明星、笔记本、贴纸，唯独他，静得像座岛屿。过了一会儿，他突然动起来，较为笨拙地把身体转到靠车窗的那一侧，开始对着窗外说话，越说越大声，还不时手舞足蹈，他映在车窗上的身影剧烈抽动着。

Chapter 3
世界予我寂静欢喜

这使我感到诧异,很快又转为一种难过。我在想着眼前的孩子正在与一个透明的灵魂聊天,这个灵魂谁都看不到,唯独孤独深处的他才能看见。

他朝向我这边的大书包像个无言的傻瓜,撞着我的胳膊,里面塞得满满的不是课本、练习册,而是一个男孩的寂寞时光。

有一回,我去一所中学做讲座。

讲到古诗词时,我当场提问:"'疏影横斜水清浅'下一句是什么?"整个教室没有哪个学生第一时间举手,大家都在嘴边念着上一句,试图通过记忆背出后一句。

这时,我在讲台上看到最后一排靠墙边有只手举了起来。他举手并不利索,颤颤巍巍的,像是克服了众多我所无法瞥见的压力,最后高过别人的头顶,来到我的视线中。我旋即叫他起来。

但整个教室一片哗然。

我很奇怪,紧接着听到很多小孩子在笑他,一些学生对我说:"老师,他不会!""老师,他起来说的一定是错的!"同龄人都提前给他"判了刑"。而他也在这样的声音中,拖着沉重的身体又塌下去了,淹没在人海中。

讲座之后,班主任找到我,对发生的那一幕感到抱歉。

"他是后来转进来的,父母离异,跟他外婆住。日常都不说话,上课老师叫他回答问题都答不出来,没有人跟他玩。今天竟然举手,估计是要捣乱。"

老师的这席话让我颇感难受。作为一个教育者,是需要去理解、包容、信任自己的教育对象，给予对方更多的时间打开内心，表达自我。如果你放弃他了，那所有人都会放弃他，包括他自己。

"只要他开口了，比什么都重要。"临走时，我对那位老师说道。

2

上初中时，我性格内向，不爱说话，也不愿融入班上的各种小圈子和小团体，整天只顾自己学习。

很多同学都嘲笑我是个"自闭儿"，没有人想跟我坐一起，我一个人在教室后排坐了一年时间。

云如是最早提出要跟我做同桌的人。初二那年，一次课间，我翻着班主任批改完的作业本，有一张小字条从里面掉到地上。我捡起一看，是班主任的字迹，写着"云贵，云如主动说要跟你坐一起，我便安排了"。于是我结束了自己的"孤岛"时光。

云如人很温和，又十分健谈，跟他同桌两年，深受他的照顾。他知道我的性格与爱好，遇上我看书写字，他从来不打搅我。看我无聊时，他便常说些笑话逗我开心。

初三那年，我因为学习成绩都在年级前列，被保送进市重点高中，不用再参加中考。云如不知是有意无意，在考试那两天都路过我家门前。我正在悠闲看书，他唤我一声后便走了。我跑出去，只见他在拐角的地方看向我，用手打了个招呼，便笑盈盈地离去。之后，我再次见到他，是大四末端。

Chapter 3
世界予我寂静欢喜

在老家长乐的大街上，云如穿着笔挺的西装，认出了我。他脸上的笑容还跟以前一样，但我深知我们都已经长大。他开车送我到车站。下车时，我把初中时的事情说了出来，向他表示感谢。他说那时主要是因为班主任喜欢我，她看我很孤单，就找他商量能不能坐到我身旁，他就点了点头。

3

记得高考前三天，学校放温书假，我拖着行李挤上客车回乡下。

一个穿着白色连衣裙、披着长发的女孩子坐在我身旁，她靠着窗，夕阳的余晖照着她略显落寞的侧脸。

过了两三站，她突然转过脸看着我。我这才观察到她脸上已有了被时间和生活雕刻过的线条。她扫视一车的人，然后对我说："你们真好，还能读书。"我那时很单纯，不知道要跟她说什么，只低着头。

她也不说话了，又把脸转到窗边，并把车窗开到最大，风呼呼吹进来，她竟迎风歌唱。在夕阳染红的天色下，她用空灵的声音演绎着《隐形的翅膀》，那是我听过的最忧伤的版本。

整辆车的人都把目光对准她，她仍在唱，直至歌的最后一句。

之后，她转过脸来，笑着问我："我是不是很像精神病？"

我摇摇头，报以微笑，对她说："你就像对着神唱歌。"

都会有，都会好

4

想起林清玄与好友三毛之间的一段故事。

有一年，三毛告诉林清玄，自己打算去国外生活，不回来了，想卖掉台北的房子。林清玄让三毛把房子卖给他。两人谈好，就在签订合同的前天晚上，三毛变卦了，她打电话给林清玄，说屋顶上的柠檬花开了，要等到它结果，之后再聊卖房的事。

林清玄自然理解三毛这样的性灵女子。

在多少寂寞的时辰里，她的居所就是她一个人所有的世界。一桌一椅、一草一木，上面都散落着她的孤独。她留恋，舍不得离开。

她等到日子开花，又想等着孤独结果。

林清玄是懂三毛的人，谅解了一切。

这个时代太多孤独的灵魂无从摆渡，许多人都仿佛陀螺被抽打着，在快速旋转中寻找方向，很少会有人停下来倾听你的孤独，理解你的孤独。更多的时候，我们每个人都在误解别人的孤独，并对其进行嘲笑、苛责，投掷异样的目光。

能停下来理解对方的人，多半也是现在孤独或曾经孤独的人，他们走过人生小径分岔的花园，懂得欣赏每一株草木在阳光下独特的影子。

别让所有寂寞的人都只跟神交流，走近他们，拥抱他们，让所有的叶子挨着叶子，风吹着风，光贴向光。

> Chapter 3
> 世界予我寂静欢喜

站在世界的边缘

愿你有足够的勇气,不再害怕自己被边缘化,
与人保持适当的距离,与自己相处,与孤独和解,
清清楚楚了解生活的模样。

1

每天黄昏时分,没有课的话,我就会跟同事D从学校北侧门出来,沿沙坪大道向西跑五公里。之前还是六车位的大路,这下就到了尽头。眼前再也无法瞥见车流,周围空空荡荡,人迹罕至,如果再往前迈出百步,就到了涪江的水域。

我和D站在岸边,像理想枯枝上仅剩的两只寒鸦,孤独挨着孤独,空靠着空。D说:"我们此刻正站在世界的边缘,你感觉怎样?"

闹市离我们有一段较长的距离,形形色色的人也钻不进我们眼中,不再为复杂的俗世过多烦恼,心里成了一间分外安静的旅馆,

异常平和。

我说:"原来成为边缘人,也不是一件多糟糕的事情啊,感觉还挺好。"

我曾经害怕"边缘"这个词,觉得它在某种程度上等同于孤独,又常听张楚在歌里唱着:"孤独的人是可耻的。"不免心慌,自己不想变得孤独,而成为一个被留下、被抛弃、被遗忘、被无视的人。

跨出大学校门后,我开始站在虚胖的日子前,频繁地出入大饭店、小菜馆、农家乐,有时是部门聚餐,有时是陪领导吃饭,有时是被三五好友邀请喝喝小酒,渐渐在一场又一场的饭局上出落成俗世成人的模样,在宴席上走动,也能像在家一样自然,头回碰见一些人也能与其谈笑风生、推杯换盏。

火锅、烤全羊、牛排、烤鸭、串串、小龙虾、大闸蟹……一口一口往自己肚子里咽着,一个还没消化好,一个又吞入腹中,身体像个不断鼓起的球,在位置上晃来荡去。

终于有一天,自己撑不住了,酒席进行到一半,奔到卫生间,吐个精光,精疲力竭,体内如海啸过后还余波阵阵,眼眶红了。

问自己这样活在众人的眼中,故作老成,假装快乐,意义是什么?

2

凛冬,我一个人站在天台上,迎着岁月冷风,看远处楼房里簇

Chapter 3
世界予我寂静欢喜

簇灯火渐次熄灭,却始终不知道应该对自己说什么好。便出门独行一段路,坐进一家深夜的咖啡馆,一边轻轻搅拌咖啡,一边细算这两年来身上留下的伤疤有多少、心底的沼泽有多深,并试着让自己努力站起来,但最后还是在咖啡馆里坐了许久,直到服务员过来礼貌地跟我说打烊。

这些年,自己不也经常身处一种被驱赶的状态里,活得像只羊,被现实赶进羊圈,始终学着跟群体保持密切的联系,怕同伴不理自己,又怕自己走散,无法应对独行路上重重危险?但实际上,这样做,一个人更容易弄丢自己。

害怕离群索居被人指指点点,害怕辛劳付出无人喝彩,害怕无法及时获取信息与资源,害怕被忽视,被排挤,被边缘化,于是选择讨好众人,活在别人的评价里,变得盲从,变得世俗,而委屈自己。

下班后选择跟一群人吃饭,周末选择约几个人逛街,过节时选择跟一群人狂欢。明明不开心,还要强颜欢笑,在人流如织中,也逐渐不再为肉身焦灼、灵魂空虚而难过,最后还能成为年少眉目清秀时期许的自己吗?

我不禁想起电影《妖猫传》中的一句台词:"我已经不是那个身体很久了。"

带着这一丝恐惧,我开始有意识地跟人保持距离,尤其是日常接触的群体。一有时间,就选择与自己独处,或将自己放逐,生活在别处,再回头审视自己所处的环境、人事种种,人生瞬间好过很多。

3

独自旅行,谢绝朋友们的同行,我只身去了宝岛。在九份(中国台湾新北市)金瓜石山顶,看见一个与自己年龄相近的青年,在一棵花树下盘腿静坐。我眼前只这一人、一树,再无其他,孤独与孤独相敬如宾,待在一起。

青年双眼微闭,面颊有些焦黄,是在人间的大锅中被烹煮的个体,在这个周末,告别俗世,于山间,与自然相融,以缓解肉身的沉重感、内心的缺失感。孤独让他重拾自我,的的确确知道自己的存在。

想起帕特里齐娅·卡瓦里在《现在,时间好像都是我的了》中说的一段话:"现在,时间好像都是我的了,再也没有人叫我吃午饭和晚饭。现在,我可以待在那里,看云彩怎么褪色、消散,看猫儿怎么在屋顶行走。"

旅行途中,我分外能感觉到时间如养在身边尤为忠诚的宠物,它是犬,是猫,形体隐秘透明,却实实在在为我所有。在淡江的有河书店里,它陪我看书,阳光斜进一些,趴到它身上,它便慵懒地叫了一声;在埔里的民宿里,我喝着老板泡的冬瓜薄荷茶,于升起的袅袅热气中,它是长着翅膀在低空慢悠悠翔驰的鸟;在台北美丽华的摩天轮上,它坐在我身旁,随着小车厢缓缓上升而激动不已,

Chapter 3
世界予我寂静欢喜

要见到远处的101大楼了,它就兴奋地吠着。

我伸手抚摸时间的毛发,它便乖乖的,与我静默望着窗外的世界,不再叫了。

我减少了跟人去逛街市的时间,更愿意一个人在房子里独处。常做的事情是写作。准备一张干净、雅致的书桌,摆些插瓶的花枝,有风走进,翻着书页。笔下的一张薄纸,此时是一座城堡、一片森林、一条江河,是站在人间边缘照见自己的一面镜子。

4

我曾经对"独居"一词非常惮怕,理解为个体的孤寡及阴郁的处境。后来明白独居也可以一个人活出热闹与清醒来,学习、娱乐、运动,都可以放在自己的房子里完成。清洗碗筷,伺候花草,养养金鱼,将不同于人群的其他生命纳入生活的参与者,一个人的房间也可以热气腾腾。

当我们拒绝做某些事情,或选择执着于某种信念的时候,是因为自己能够区别美好是表面的,什么是重要且深沉的,看重与自己所立的契约,而心甘愿地坚持。

当然,谁都不可能永远居住在与世隔绝的荒岛上,解决之道就是既不完全放弃世俗,也不全盘接受,在两者之间找到一个平衡点。便想起牢记在心的一句话:"从俗世中来,到灵魂里去。"

5

无论日子多忙碌匆匆,身旁人烟多鼎盛缭绕,我也要给自己一些时间,站在世界的边缘,让灵魂空旷。这种感觉就像是站在较少有人到来的山顶,望着底下城镇座座、灯火烁烁,再不如过去那样迷恋盛大而易显虚空的日子。瓦蓝色的山脊线延伸向天际,山腰几户人家飘来远远近近的犬吠,耳畔还有回旋的风声,自己跟内心如此亲密,想要的一切都被感知着。

愿你有足够勇气做个酷酷的人,不再害怕自己站在这个世界的边缘。与自己相处,与孤独和解,清清楚楚了解生活的模样,在时光的镜面中辨认自己独特的脸。

我自成风,吹往余生。

在世界的边角,装着观察人世的望远镜,我们去好好看看。

Chapter 3
世界予我寂静欢喜

藏了那么多，一定很辛苦吧

及时清理，给抽屉该有的空间，去收纳未来。
没有什么要藏一辈子，也没有什么可以藏一辈子。
那么辛苦，不值得。

1

每隔一段时间，我都会清理我的抽屉。

里面堆满了各种物件：票根、便笺、卡片、瓶子、信件、药片……它们散落在抽屉的各个角落，像围成一撮撮的孩童，带着我在某段旅程中的故事隐藏在这里，所有逝去的时间也都住在这里。如果不打开这些大大小小的抽屉，它们就会被我悉数遗忘。

几张往返于北京与重庆的登机牌，边角卷了，牌面上的数字也已有些模糊不清，但当初的情景还浮现在脑海中。在入冬的北京，一个人拖着装满梦想的行李箱，走过后海、公主坟、建国门外大街。黄昏，抬头，看见天空阴翳，偶尔有一群鸽子或乌鸦鸣叫而过。我瑟缩着手脚，蹲在路边，一无所获，只有口中呵出的寒气正开始流浪。

　　西服上的一颗黑色纽扣滑到抽屉边角，它放在这里多久了？三年前，在西门町的一家卖场买下了那件足够半个月生活费的西服，去参加交换生结束晚宴。出门前，我一不留神被椅子绊倒，衣服被撕扯开，扣子掉了出来。我去宿管那里借来针线，手太笨，针尖扎破了手指，忍着眼泪继续缝补。后来勉强穿上，去赴宴。回来，扣子还是掉了，好似铁了心要诀别的恋人。握着它，心里一阵辛酸。

　　还有医院体检费用的发票、曾经某个人别在我衣上的胸章、从国外寄来末尾都写了一句"祈愿顺遂"的明信片……这些旧物件都保留着自己走来的路径，那些绝口不再提起的遭遭往事、风月离合。抽屉悄然间竟藏了这么多，怪累的，自己把它们倒出，挑些仍放不下的重新放进。

　　"11月11日凌晨2点08分，多伦多已经充满凉意，我坐在窗边读了一会儿阿特伍德的《盲刺客》，泛着微霜似的字句像昨夜留下的残羹冷炙，舌苔轻轻触碰，就觉得唇寒齿冻。好多往事太过潮湿，不敢去碰，太冷。一个人只想坐在沙发上，关上灯，隐没在夜色里，没有比这更安全的了。"

　　一天夜里看到友人G在网络空间上发的状态，感觉冬天提前来了。六年前，认识了G，那时他刚刚硕士毕业，有一个长相甜美、脑瓜机灵的女朋友，两人约好去国外念书，然后移民。这样的故事太理想，结局往往并不好。在多伦多，G失去了青春时的那一半。

> Chapter 3
> 世界予我寂静欢喜

寒风肆虐,他独自站在东约克广场上,跟我通了一次远洋电话,之后自顾自低头抽烟。

太多人在不尽如人意的世事面前,独自承担,选择隐藏,然后遗忘,性情越发淡漠。但真能忘掉吗?当然不能,否则世间也不会有这么多痴男怨女。

2

刚来大学教书那会儿,我像进入新世界一样充满热情,做每件事似乎都有使不完的劲儿,跟每个学生处起来就像朋友一样。同事L反复提醒我,要保持跟学生的距离,太近了总会出问题。我当然不以为然,后来碰到借给学生钱对方不还、在路上与学生擦肩而过对方竟装作陌生人不打招呼、上课为了学生学得有趣降低授课难度而对方沉溺于手机视频游戏、期末监考发现与自己日常互动频繁的学生在作弊,这些情况使我理解了L。

像他这样教龄长的同事在学生面前严肃、漠然、谨慎,多半是因为初来乍到时吃过亏,于是他们收起天真,收起笑容,学会隐藏自己的情绪,不让学生看到。

我不擅长处理人际关系,在一个僵局里待久了,我会选择离开,前往新的地方住一段时间,放空自己,像个被及时清空的抽屉,可以安放新的事物。即便往后故地重游,抽屉里又塞进旧物,但它仍有空间腾给余生。

有天,看见日历上的数字,发觉自己教书已近三年。在这三年里，整个人除了应对繁忙的工作、处理跟学生的关系、对领导察言观色、与三五好友共饮悲喜，便再无任何变化。生活像疲倦的骆驼，让我感到恐慌。

我决定瞒着家人，离开工作的地方，去透透气。

3

在双廊住了段时间，每天早上自己一起身便打开窗看看洱海。房间采光很好，中午热起来的时候，就从书架上挑一本书，光着身子趴在竹席上读。落进来的光线一会儿坐在桌上，一会儿撒到墙角，很多次，白天就这样一晃而过。

日落苍山，我不动声色地看着外面的一切：黑瓦、灰墙、朱红色的木窗、不远处波光粼粼的水面。斜到山顶的夕阳余晖，预示着一切喧嚣的、灿烂的终究被夜色取代，遗忘。一个人又有什么放不下的？

在趋向淡季的日子里，与我同住一家旅馆的是个上海姑娘。老板说她在这里住了快两周，不怎么跟人打交道，一个人待在屋子里看书写字，偶尔出来划船、骑自行车，采些沿途的野花回来，也都是一个人。她在这里，过着非常单纯的生活。

我猜想着她之前所经历的生活，一定非常煎熬、挣扎、无奈，甚至颠沛流离，否则她怎会独自来到这里？毕竟做出这样的决定，她要面对很多、放弃很多、反抗很多。可能这居所只能短住几天，但远离俗世，把自己藏于山川湖海的决定的确能让人释然，内心无

Chapter 3
世界予我寂静欢喜

比清爽。

每个人的内心都有一片天地是留给自己的，但太多人的世界都已被琐碎占满，隐藏在心底的悲伤越来越多，戴的面具越来越重，属于生命愉悦的那一部分都荡然无存。

及时放下，像码头上的货轮抵港就卸下沉重的集装箱。

不要再穿着紧绷的西装端着高脚杯笑脸盈盈走向一群冷脸的人，不要再替只想做政绩而不顾员工感受的领导透支生命，不要再去反复温习为理想奔波而郁郁不得志的艰难岁月，不要再为一段无果的感情默默隐忍、做无谓的牺牲。

你藏起那么多别人无法知晓的悲哀忧愁，也藏起了一个真实的自我，最后只是在与真正的自己背道而驰，埋葬了青春，辜负了人生。

及时清理，给抽屉该有的空间，去收纳未来。

没有什么要藏一辈子，也没有什么可以藏一辈子。那么辛苦，不值得。

都会有，都会好

请你不要看我

在很长一段时间里，我都陷于群体目光带来的恐惧中。
当我开始重新审视"群体"这个词时，
我知道自己需要与它保持谨慎的距离。

1

我从小就不喜欢被人盯着看，尤其是被一堆人当成动物一样观赏。

他们的目光有时像针扎向我，有时像虫子啃咬，有时又如长满茸毛的怪物扑过来，我浑身无比难受，要不就拔腿跑出他们的视线，要不就闭上眼睛，让他们瞬间消失。

所以，我从不去人多的街道、商场，也不参加各式各样的晚会、聚餐活动。有人的地方就有江湖，逃离这些江湖的粼粼波光，感觉自己内心格外安全、舒坦。但人终究是群体性动物，无法过上孤岛一般的生活，日常免不了要与旁人四目交接。

Chapter 3
世界予我寂静欢喜

每次理发时，我都害怕师傅会盯着我右侧额头看。在刘海儿被剪刀划开的一刹那，弯曲、扭捏、长约三厘米的伤疤像蜈蚣一样爬了出来，下面是凸起的隆块，坚硬，突兀，像座山丘，矗立在我略显扁平的额头上。那是小学体育课上自己跟同学练习摔跤，一不留神被对方摔到石级上留下的伤痕。我感到疼，并非来自伤口本身，而是注视。

当然，几次下来，师傅也见怪不怪了，后来再看到我额头上的疤也像是见到老熟人一样自然。我一紧张起来，他便跟我说起他手臂上也有道伤疤，是以前当学徒时被热水烫到的，像个纪念章盖在上面似的。他说的时候看着我，目光那么温柔，如夜晚洒落的星光。

其实自己也并非生来就害怕被人观看，或许是跟童年时的经历有关。它们仿佛被倾倒在人生纸面上的水墨，会从第一页渗到此后的许多页，想要真正摆脱，不见踪迹，并不容易。

我出生在有上千户人家的村子里，那里永远不缺少看热闹的人。我们家那时住在观音路34号，居住的房子有些破落，房梁上铺着瓦片，墙壁是用石板搭起来的，有很多缝隙，夏天时经常钻进来许多虫子、蚯蚓，偶尔也有蛇来造访。早些年四周房屋也都和它无异，但后来家家户户都盖起高楼，唯独我们家因经济问题，房子还保留当初旧貌。

宅子正对的是人们炎夏乘凉的地方，入夜茶余饭后，人群聚集在这里，说说笑笑。于是我们家每天都在被围观。他们喜欢看着面

133

前这座一层小宅子里溢出来的穷、流出来的破,然后讨论、发笑。"房子都破成这样了,还能住人,是该有多穷啊?""没准这房子里堆着金山银山呢,故意这样破破烂烂,防贼嘛!"我放学回家,总能听见对面的公园里传来议论的声音和嗤笑声,再看一眼他们围观我们家的目光,异常尖酸。

那时我尚且年少,非常生气,蹲下身想捡石子往那群妇人扔过去。母亲正好从屋内出来,见状,赶紧过来制止我。"不要做傻事,不听不就行了?"她说完,用手捂住我的耳朵。我丢下手中的石子,望着眼前历经风雨洗礼的房屋,再看看母亲,泪水夺眶而出。母亲拉着我的手进屋,眼中滑过一丝贫穷的悲哀,但旋即止住。

2

小时候,我总觉得自己身上拥有某种超能力,经常模仿金庸小说中的侠客,从村里一片晒得近乎结实的湿地一头飞踏至另一头。但七岁那年的冬天,我发现我的超能力消失了,整个人如山倒入湿地。

浓稠的泥水,臭气熏天,同巨兽口中的黏液一样粘住我,我愈挣扎摆动,就陷得愈快愈深。我大声疾呼,人群开始蜂拥而至,议论纷纷,过了一会儿,也不见人下来救我。直到泥水淹到我的腋下时,一个臂膀结实有力的男子跳下,将我拖到岸边。人们看着我,像看一只被捕捞上岸臭气熏天的水獭。有些人为我脱离险境舒了口

Chapter 3
世界予我寂静欢喜

气，多数人是捂着鼻子凑近看了我一眼，就快速退到后方交头接耳，笑声满天。我太累了，已无任何力气摆动身体，瘫倒在地，睡了过去。

父母火急火燎地赶来，谢过救我的男子后，父亲一把将我抱起，往家里奔。一路上人群都瞅着沾着泥水灰扑扑的我，出于好奇、同情、怜悯或是幸灾乐祸的初衷，问东问西，"怎么就陷下去了？那里可脏了，什么东西都有的！""以后得看好孩子，别让他们再往那块地跑！""你家娃娃估计也不想再吃一趟浑水了吧，毕竟太臭了！"父亲板着脸没说一句话，母亲在身后尴尬应对。

他们围观着我，使我紧张极了。我面红耳赤，有些窒息，仿佛再次掉进那片沉淀着无数垃圾、常年被下水道滋养的湿地。母亲见我全身哆嗦，立马将身上的大衣解下，给我披上，她怕衣服滑下，便用手一路紧紧按着，我被众多冰冷目光蜇伤的世界才渐渐回暖。

3

我读初中以后，我们家从观音路搬到了池头路。新家很大，是父亲买下家族地皮建的，因为积蓄有限，我们家还欠着叔叔地皮的钱。入住新家不久后，一场夏天的台风就来了。

那个漆黑的傍晚，乌云沉下来，远处山林中的树冠像巨浪一样掀着。叔叔喝醉酒后在自家女人教唆下来我家要钱，父亲说暂时没有。他便从身后亮出一把菜刀冲了过来。父亲开始和叔叔搏斗起来。台风呼啦啦刮着，没吹走那些围观的人，人反而越聚越多，他们袖手旁观，津津有味地观看，没有一人上前劝阻。老弱妇孺光站着，精壮的男人也站着，无动于衷。

父亲靠着自己敏捷的身手，很快夺下叔叔手里的菜刀，一把扔到地上并对叔叔和看热闹的人群喊道："你放心，我家不会赖别人一分钱！过些天就把钱还你。"风刮乱了人们的头发，我不明白他们为什么仍旧赖着不走，像在等候一部电影的续集上映。直到我们家关上房门，叔叔也走了，人群才陆陆续续散去。

昏暗中，粗大的雨点密集坠落，像石子一样打在屋檐上，地面溅起一片雾蒙蒙的水花，雨声响彻世界。我呆立在窗边，看着四散的人群那一道道早已丢失温度的背影消失在雨幕后，耳畔还回荡着父亲刚刚那一声分外响亮的关门声，像是一个巴掌要狠狠打在叔叔和围观者的脸上。

早已不是菜市口凑撮儿看热闹的朝代，各家悲喜自有当事者一口口咽下，为什么人们还要对他人的世界围拢观看、评头论足而不施以援手？这其中有多少的无聊心思和窥私欲望，又摧毁了多少人对这世间怀抱的善意、希望和爱？

4

法国心理学家庞勒曾在《乌合之众》一书中说："残忍与破坏的本能是与生俱来的，它蛰伏在我们每个人身上。个人独处时，要满足这种本能是很危险的，而一旦加入了某个群体，就可以不负任何责任了，也就是说可以肯定自己不会受到惩罚而完全随心所欲。"

在很长一段时间里,我都陷于群体目光带来的恐惧中。当我开始重新审视"群体"这个词时,我知道自己需要与它保持谨慎的距离。太多如我一般渺小的个体,像干柴放置于众人目光的祭坛上,被观看、嘲笑、批判、指指点点,燃烧得咝咝作响。

我难以忘记那个久远的冬天,我如一只肮脏的水獭被父亲抱回家,沿途看客发出的蚊蝇之声,加剧我身上腐臭的味道,我感到深深的羞耻。也无法遗忘那个刮着台风的夏末,众人围观父亲和叔叔间的搏斗,报之以风雨中的冷漠、悻悻的神色,他们心里或许还响起掌声,如看戏台上武戏一样激动。

十几年过去了,我度过了那些惧怕、惶恐、无助、绝望、愤怒的时刻。面对复杂的世间、嘈杂的人群、各式各样的目光,我越来越喜欢独处,与影子待在一起,没有人看我,也没有人问我,这让我感到安全。

我的身上渐渐裹上一层淡而持续的静默。

我在茧里,世界在外面,任它热闹。

放松点，一切都会好

> 放松的感觉并不好找，每个人都要付出很大的努力跟耐心，
> 去琢磨、体悟生命的大提琴琴声立起来的奥秘。

1

理发时，我身体僵硬得像桩木头，师傅叫我往左边侧，我却往右边摆，他让我把头抬高一些，我就正襟危坐仰着头，他一脸无奈，手里握着电推剪吱吱作响。当我躺在洗头椅上时，双眼紧闭，任由师傅往我头上打上洗发液搓揉，冲洗，头不自觉左右摇摆，他叫我别动，我还是控制不住晃着脑袋。

连理发这样轻松的事，都给人带来麻烦，觉得自己实在有点可悲。我嘴上笨拙，想说点什么又立马止住，用歉意的目光看着对方。师傅这时笑了笑，对我轻轻说道："你不要紧张，放松点，一切都会很好。"

Chapter 3
世界予我寂静欢喜

我闭着眼睛，听着他温柔的声音，尽可能让自己的身体松弛下来，一旁的水流哗哗响着。

我时常在梦里也听到一阵流水声，激烈，哗然，响彻耳畔，是春天解冻的大河，水面破冰，冰又渐渐融为水流，汩汩地往前奔驰。我全身冰凉，四肢僵硬，无法动弹，似乎被囚禁在巨大的冰块里，外围世界逐渐温热美好，这块冰却始终寒冷坚硬。我绝望极了，想呐喊，可一声都喊不出来。

相似的感觉，也常在另一个梦中有过。这个梦与高考有关，这么多年过去，我仍旧无法摆脱。梦见自己坐在一台转得快没力气、像要冒烟的电风扇下面，不停地做着一张空白的试卷，上面写了什么字记不清了，只知道自己不管怎样加快速度答题，都来不及做完它。

铃声响了，一个矮胖的女老师在前面拍着板子大声叫住我："时间到了，别做了！别做了！"我努力写着，卷子还是空白的，写下一个字，消失一个字。我慌张极了，想大声喊叫，喉咙却始终动不了。女老师面目狰狞，冲过来抢走我的考卷。在她夺过卷子的那一刻，我记得我哭了，心里喊着："还给我，还给我，我要念大学，我要念大学！"声音像被绑在身体当中，无法冲出。

如果要从这些梦中得到一些寓意的话，或许是在说明一个问题：我时常都处在紧张的状态中。

在商店结账时，总是摸不到事先放好的零钱，情急之下还是拿出手机进行电子支付；清晨挤公交，包被卡在人群里，不敢用力拽回来，怕招来旁人厌恶的目光，浑身不禁冒汗；在广场等人，看着四周人流如织，异常密集，像海水涌过来，要淹没我，身上的每一寸皮肤都变得奇痒无比；跟喜欢的人聊天，总会面色羞赧，心跳加速，说不出话，或是语无伦次，错过机会，造成遗憾……

已经走入成年的世界，自己却仍然像个孩子，对这世界手足无措，面红耳赤，浑身瑟缩，手心冒汗。似乎再过多少年，身上的紧张也不见好。我想寻求方法改变这样的自己。不断地深呼吸，不断地积极暗示自己，但都收效甚微，像个翻山越岭的人以为要到达最高峰了，却看见山外有山，脸上原本坚定的表情瞬间塌方。

2

一天在清点期末考试的卷子，跟往常一样，我花了很长时间。周围站着许多要拿试卷的老师，他们先是看着我笨拙数卷子的样子，又转头看向其他老师，那些同事像验钞机一样熟稔、快速工作着，我不免激起别人的抗议，在我身后议论、叹气、使眼色，甚至做出很粗暴的举止，示意他们对我的不满。我屏住呼吸，心像失控了似的，怦怦乱跳。手里数的每一张试卷都变成了一座座不易攀爬的大山，终于越不过去，我出错了，便估摸着数量，把试卷装进袋子里，尴尬地退出来，等人少时，再来清点。

同事S在一旁看出我的窘迫，过来搭把手。他做事老练，数卷子时眼神淡定，手指轻巧，富有节奏。很快，S就点好了一沓试卷。我看着他，眼中充满羡慕。他好像从我的目光中看出了我的疑感,笑了笑,说:"我比你早工作七八年,在这方面自然熟练,你不用紧张,迟早也能这样。"

Ben是我见过的生活中最放松的同龄人。当时在台北读书时与他相识,我们在台大的大教室里听王德威教授讲课,Ben很会把握时机,在互动环节向教授提出诸多深层次的问题,在这过程中他表现自然,一点都不羞怯。记得期末时学校办了一场舞会,Ben进入舞池中央,在轻快的音乐中扭摆着身躯,脸上显示出非常享受的表情。而我孤单地坐在边上,眼前的世界似乎与我无关。Ben走过来,拉我到舞池里,我皱着眉头,四肢僵硬,戳在原地,跟自己个体以外的一切都格格不入,不一会儿,我便逃走了。

Ben经常被当地电视台邀请,参与一些访谈节目,他在众人面前谈吐、举止都从容不迫、温文尔雅。有一天,我问他关于消除紧张的方法。他沉稳地坐在沙发上,告诉我:"你的紧张是因为对自己不够自信,对这世界不够柔软,当你对自己的生活、想做的事情投入爱的时候,时间和生活会让你坦然、放松,不再容易紧张。"

我想到S就如Ben所说的那样,除了时间让人成长的原因以外,还有他向来拥有的自信,以及在应对日常烦琐事务上所带着的一份热爱。而我这些年面对生活,始终笨拙,但面对自己热爱的写作路途,却走得从容、自信,字里行间都有自己因放松而获得的力量。

3

我时常一个人在房间里临窗而坐,书写内心,也书写外面的世界，没有人来，也不愿人来，一切纯粹、自知。深夜灯下，只有我与岁月言谈。我在文字铺开的路途里，见过草原，见过大海，也瞥见自己的影子睡在某个黄昏、清晨，逆旅千秋，安之若素。那种感觉仿佛自己拥有整个宇宙，不再畏惧，不再逃离，整个人变得舒坦自在。

王安忆在《放松是一种力量》一文里说道："生活好像是汪洋大海，要去捞它，用碗、用瓢、用盆，终能得水几多？应该变成一条鱼，游入水中，自由自在，整个大海便都获得了。"在文字的汪洋里，我丢下那个尘世中拘谨的自己，释放手脚，享受纸页上生命涌动的片刻，用蓝色的钢笔留下痕迹，笔尖是船，划出这海里的条条波浪。这时的自己是如此放松。

很多时候，我们身上的紧张也都源于自己太在乎外界的目光、评价，尤其在不擅长的领域，心虚的我们不免要承受这些压力，而使自己在俗世烈日下焦灼不堪，大汗淋漓。

跟紧张达成和解，这是一个逐渐战胜心魔的过程。

卸下重负，和自己喜欢的一切待在一起，不再强颜欢笑，不再忐忑奔波。选择一双最舒适的球鞋，用自己最习惯的节奏跑向日出的港口，在海水映出的倒影中，看见自己宛若新生。

Chapter 3
世界予我寂静欢喜

你高兴了，天气就很好

我们曾经如此渴望被这世界厚待，被这世人接纳，为此奔波，追逐，拼尽半生力气，后来才知晓人之无力。人生最曼妙的景致，不过是真实面对自己心底的喜欢，不必索取、追问所谓的意义。

1

一直以来都不怕被人取笑的一个习惯：做事情总是格外慢。

周末请朋友来家中吃饭，我都会花时间反复淘米，认真筛掉掺杂其中的沙石和那些残损或色泽不好的米粒。当清水洗出白米晶莹剔透的模样，我格外开心。择菜时，我也极其专注，去掉不规整的头尾及有虫洞或蔫巴的部分，然后在砧板上将菜摆齐，一刀一刀切下去，缓慢但有力，喜欢看果蔬最后被自己捣弄得干干净净、片块均匀，还未下锅仿佛就已见到它们出锅后倒入盘中鲜脆可口的品相。

朋友等得着急，但闻着上桌后香气满屋的一蔬一饭，见着盘中

都会有，都会好

缤纷的小小人间，也就原谅我的缓慢。但原谅始终不代表他们足够理解。

"以后我们可以直接下馆子，他们上菜很快，虽然不如你做得这般好，但你这样很辛苦。饭菜合口就行，做那么精致有什么意义呢？"有性格直率的朋友问。

"我想欣赏它们被吃掉前的样子。"我回答。

朋友耸了耸肩，说："好吧，你自己高兴就行。"

我看着他，微笑着。

曾经我也这样，问自己究竟要过怎样的人生，做哪些事情才会有意义？没有答案。只是跟随众人东西南北奔波，毫无章法地前进，被要求抓紧时间做些世俗所定义的大事。后来自己也长大了，经历种种青春的迷茫动荡后，越来越想拥有一种自己的力气和节奏，在生活艳丽喧哗的表层挖掘通道，连接心中的领地，不去计较意义所在。

从小爱看奶奶唱戏，"冒昧前来悔已迟，眼中只见黑云驰，心头顿觉如冷冰，恨不相逢未嫁时……"广播里念白一起，她便学着戏台上的佳人轻拊衣袖，三步一回眸，咿咿呀呀唱道，早已不娇嫩的声腔也还能拖曳袅袅清羽余韵。作为已入花甲的农妇，"晨兴理荒秽，带月荷锄归"之后竟有闲暇念唱戏中之言，谁来问她意义？只不过是一种生活情趣，活在坚硬世间的温柔方式。岁月迟暮，余生渐短，意义无非只为自己开心。闽剧《梅玉配·楼会》念白又起："同是读书正妙龄，一何轻薄一何诚，狂风暴雨虽相迫，入槛

Chapter 3
世界予我寂静欢喜

名花我笑迎……"老人又在我的记忆中绵柔吟唱。

夏季常逢着雷雨天，大雨突然降下，势如破竹。我坐在家门口看雨，它们在屋瓦上、篷布上跳着踢踏舞，嗒嗒嗒，又像是豆子一瞬间都被打翻，撒落下来。在风中，雨忽大忽小，迅猛中又伴着一阵舒缓间隙。从这白茫茫的大雨幕布中，走来一个头戴斗笠的农人，是归家的叔父。斗笠挡不住瓢泼的雨水，他全身都被淋湿了，但纹路纵深的面颊上竟浮着浅笑，边笑边唱着乡间野调，苍老的声线中还留着一束光，瞬间点亮了黑云覆盖下水汽森森的大地。

在西南大学读书的时候，傍晚常从五号门出来，溜到嘉陵江畔。岸边有许多垂钓的中年人，静默如鹤，坐在折叠椅上观望或是打盹，身旁插满众多钓竿，时光似乎成了大地悠长的鼻息。一个响午过去，他们或许并未鱼满箩筐，甚至一无所获，有时江边还大风频起，他们也如当初那样站立或静坐。支撑他们的，并不是世俗所追问的关于每个人生来的意义，而是源于自身心底纯粹的喜欢，或是一种繁冗现实外的放空。在一江之畔，垂钓之余，他们用水观照自我，抚慰自我，不受外界干扰，远看如僧，如鹤。

2

生而为人的意义，在世俗那里有一套标准：为物质，为繁衍，为面子，为利益，为权势……人如蝼蚁在荆棘遍布的大地上寻找、搬运、啃咬这些米粒，又在适应现实种种法则过程中，身体与灵魂日渐被抽空，沦为自闭又空虚的容器。

都会有，都会好

起早贪黑去赶人满为患的公交、地铁；挤破脑门进入一场接一场的面试；在需要察言观色的职场举步维艰攀爬；在偌大的城市里匆匆往来，却又在街头不断迷失；吹着凛冽寒风，回到出租屋，面对镜子里的自己，只能叹息，红着眼眶说一句："我已经不是你很久了。"

仓央嘉措说："世间事除了生死，哪一件事不是闲事，我独坐须弥山巅，将万里浮云，一眼看开。"

我们曾经如此渴望被这世界厚待，被这世人接纳，为此奔波、追逐，拼尽半生力气，后来才知晓人之无力。人生最曼妙的景致，不过是真实面对自己心底的喜欢，不必索取、追问所谓的意义。

3

我很喜欢黄庭坚在《品令·茶词》中的一席话："恰如灯下，故人万里，归来对影。口不能言，心下快活自省。"天涯苍茫，总会有与你相识许久的故人，打马而来相见，不问东西，不为目的，只为彼此懂得，风雪疾疾，与你煮酒对酌，庆祝人生无意义。

酒若倒得快，必有丰盈的泡沫涌起，不要质疑它存在的意义，还没喝到酒，就先尝一口泡沫，这是动荡之后的芬芳与温柔。

放下俗事，腾出时间，为自己煮一锅白米清粥，不必急，慢慢熬，看它晕开，在热爱中渐渐沸腾。

择一盘菜，细细切剪败叶残根，再投入锅中，放几味并不浓烈的调料，以自己对生活的掌握出发，一点点让灵魂散发出香气来。

买来螃蟹，蒸好，用勺子专心从壳里掏出粉状的蟹黄，不浪费一点，滴上姜醋，美味可口，过程虽然缓慢，但舌尖满足，内心舒服。

那么多的人盯着别人蛋糕上鲜嫩诱人的樱桃看，费尽心机要咬上一口，若是能在自家院子里栽种，好好等着花开漫天时间结果，也是件多么令人喜悦的事情。

撇开世人的偏见，不按照世俗的标准去盘问自身存在的意义。生存是有限的，生活是无限的。究竟要把生活过成何种滋味，始终都由我们自己决定。

从忙碌或紊乱的现实里脱身而出一段日子，意念单纯，去生活的疆域里寻找自己的马匹，不被谁拥挤往前，只拥有一份自主、洒脱，看星空下的雪原、大海上的潮汐。

不要到濒临生命尽头的一刻，才发现自己从来没有活过。

人生本就没有那么多意义，你高兴了，天气就很好。

脸上的故事

> 化妆给他们带来皮相上短暂的完美,你可以说那是他们的错觉,一切都会在卸妆后回到之前的生活,但他们享受这些须臾错觉,好歹世界在这时有用正眼瞧过他们。

1

一张脸,我们究竟要花多少精力去照看它?

作为一个男生,在很长一段时间里,我从来没有考虑过这个问题。直到二十岁以后,由于经常要出席大大小小的文学沙龙、讲座、分享会,姐姐总是提醒我要学会保养跟化妆。

"可是,这很娘啊!"我对她喊道,并做出拒绝的神情。姐姐把我按在她的化妆台上说:"你好好看看镜子里的自己,皮肤粗糙,面色暗淡,眼袋重,眼圈黑,当下都什么时代了,有谁只会单纯看你写的文字?你的脸也很重要!"她一边说一边从她包里掏出各种工具。

Chapter 3
世界予我寂静欢喜

"看不惯就把眼睛闭上。"姐姐第一次给我化妆时,面对我扭捏的模样,嘟囔着,"你去满大街看看,那些皮肤好的男生,有几个是天生的,还不是保养出来的?"

生命当中,第一次听到"保养"这个词,是在高二下学期。一次周末晚自习,我先到教室,随后听见后边来的女孩子一阵清脆的声音,我悄悄转过头看了一眼,一个女生对另一个女生说:"你都十八岁了,怎么还不懂得保养?"被问的女孩摸了一下自己的面庞,低下头来,随即又抬起头,看向那个精心打理的女生,眼中发出渴望的光芒。

当青春不再繁盛的时候,我们开始通过各种方法延缓它的逝去。许多人选择化妆,因为它最见效果,瞬间让人光鲜亮丽,仿佛回到昨日。当姐姐用粉饼擦完我的面颊之后,我睁开眼睛,看见镜子里的少年如此陌生,他皮肤白皙粉嫩,眉毛如剑,又显浓茂,二十七岁的自己又变回十七岁的模样。我问姐姐:"这真的是我吗?"她得意地点点头,用手整理我额前的刘海儿,漫不经心地说:"你会喜欢上这种感觉的。"

在她那里,我增加了许多新词汇,譬如"眼霜""面扑""乳液""角质""T字区"……姐姐像个老师,不断细心地想把存放在她世界里的词汇教给我,不忘交代"你需要学会做这件事,有时间自己就练习一下,不难的"。

我一直是个笨拙的人,对于化妆这件事,始终没有学会。离开家以后,很多时候,为了出席一些需要上舞台的活动,我会先找一家影楼，不做其他项目，仅仅是在里面化妆。多去了几次，就跟店里的化妆师十分熟悉了。

她扎着马尾，化淡妆，隐约还能看见眼睑的脂肪粒和额头的痘印，戴着蓝色口罩，一身墨绿色工装。每回我坐在她跟前，觉得自己就像个流水线上的产品，她按照习惯的步骤熟稔地塑造我的面容，起初并不跟人聊天，唯一能与人沟通的只是一双常显倦怠的眼睛。去过两次以后，相对熟悉了点，才发现她挺爱说话。某次她撩开我的刘海儿，看到我右边额头因摔伤而留下的疤痕，略显惊讶后说："可惜了。"我"扑哧"一笑，回她一句："没事的，都习惯了。"

她忙补了句："我也习惯了，来化妆的，脸上基本都有问题。"

我突然睁大眼睛通过镜子看她，她收到信号，知道我很好奇，便开始讲第一个故事。

"前天来了个女孩子，给她上妆的时候，发现她戴的是假发，我往她额头抹BB霜的时候，见着很多伤疤，就像蜈蚣那样趴在那里，我迟疑了一会儿，手都不利索了。"她说起时目光里仍带着恐惧。

"她那会儿也知道你在看她吧，她是不是很难受？"我问。

"没有，女孩很淡然，跟我说，她之前出了车祸，比较严重的那种，头都快撞坏了，以为自己要死了，后来抢救过来，头上缝了数不清的伤口，在病房待了很久才适应了镜子中的自己。因为见到了医院里太多的死亡，就觉得老天对她还算好。出院后，就想好好生活，过来化个妆继续去学校上学。"她一边解释，一边蘸着眉粉往我眉上描，话一说完，两边眉月已经清朗俊秀，节奏控制得近乎完美。

而我还在想该怎样评价故事里的女孩，坚强、勇敢、乐观，似乎所有人面对这样的人物素材，都能想到的词，我却想藏起来，脱口而出的是："真是个有意思的人。"

"可不是？"她没有太多笑容，回了一句，随后对着镜子里的我说，"还满意吗？"

我腼腆一笑，面颊不知不觉羞红起来。

她说现在的人都追求精致，好多男人也学着化妆、保养自己了，尤其是从90后一代开始，这股潮流都铺开了，她已经见怪不怪。

2

每天都有很多人出入影楼化妆间，有经常熬夜而面色憔悴的大龄女性，为了相亲来这里获得一种新形象；有上了岁数的阿姨，试图在粉底覆盖下重新找到年轻时的感觉；也有要参加各种求职面试的青年，想在这里拥有自信的笑容……为了让别人喜欢自己，太多人都在这里改变自己，真实与虚假不再是他们考虑的内容，多数人只是想得到一种认可。这样的"认可"可以是一句赞美，也可以是嘴角浮现的笑意，甚至仅是一道温柔却稍纵即逝的目光，这些常构成他们活着的资本或意义。

当凝视镜中的自己，暗淡、粗糙的皮肤在水、乳、霜及粉底涂抹下变得白嫩、细腻、光滑，过往的青春似乎通过镜面返回，紧闭的双眼和嘴唇张开，显示出一种奇异的神情，不得不佩服化妆师的"妙手回春"。

身体是一部私人史，而脸面通常是其中公开的部分，每个人都珍视其裸露在众人面前的机会。五官、肤色藏着我们的身份，在乡野和城市两种环境下分别成长起来的个体于此方面显然不同，旁人一眼便能瞧出，这是后天很难遮掩的部分，但有人仍想努力掩盖人生的来路，而获得一种高贵。

3

她跟我说起一个客户。"是个小伙子，年龄跟你差不多，来做皮肤的，要漂白。说实话，这一项我们店里很少做的。毕竟对皮肤伤害很大，以前就有个明星，美国的，很出名，就做了漂白，结果很吓人。我跟他说，平时化妆就可以，他说全身都想白净，还是想做。"

"那个明星是迈克尔·杰克逊。"我回答她，顺道又问，"那个男孩子一定很自卑吧？"

"他应该是常年在海边渔村生活的孩子，终日吹着海风的人皮肤都是这样，黝黑、粗糙，后来到了城里学习、工作，受周围环境影响，都想有张好脸面，有个'好出身'，连生来的肤色都要改。"

Chapter 3
世界予我寂静欢喜

人们都喜欢鲜明的面孔和身体。浓密的眉毛，刀锋般的眉型，白皙的肤色，莹亮的瞳孔，擦着腮红的两颊，两侧涂抹阴影的鼻梁，樱桃色流光的唇彩。我们观看这些，色彩与形体的冲击，掩盖了之外的细节，意识远离事物本身的真相。越来越多的眼睛沉沦于颜色与形式的泥沼中，无法瞥见真相，寻找真相，在异常魅惑的时代，逐渐失明。

看过蒲松龄《聊斋志异》中《画皮》一章及其衍生的故事改编文本，无不在探讨人与皮相的关系。从古至今，无人能够经受住外在世界的诱惑，而如松般坚定生长于这天地间。妖精准抓住人性当中的这一弱点，施以魅计，世间男儿皆被引入情欲陷阱。一个人要想控制身上的动物性是不容易的，尤其在当下时代，可挑选可观望的方方面面实在太多，我们都迷失在欲望的深海当中，找不到一张属于自己真正的脸。

4

"但不是所有的人都是来化妆的。"她偶尔跟我说起一些特别的人，他们平日里承受了太多脸上的脂粉和别人的目光，来这里或许只是为了躺一会儿。她帮他们卸妆，在这不被太多人关注的角落里，会看见这些真实的生命，他们的身体都会在蘸满卸妆液的化妆棉拂过面颊后微颤，镜子里逐渐显现出另一张脸，皱纹、斑点、疙瘩、疤痕……时间对人的残酷在那一刻淋漓体现，谁也没有被它轻饶。

"有个女孩子，本身很水灵，但因为工作需要，需要时常化妆。有一天她来我们店里，我给她卸妆，当她在镜子前看到自己清爽的面容时，瞬间哭了，说真累啊，这样的生活。"她在最后一句话上加强了语气，之后又继续轻柔说道，"我是理解的，我每天也要化妆来上班，主要是淡妆，但还是嫌麻烦。你们男孩子都不知道我们花在一张脸上的成本有多高，伤害又有多大。经常化妆，就会受到化妆品的摧残，变得暗沉粗糙……"

5

她絮絮叨叨聊起来，说着别人，又像在说自己。我期待她会跟我说到更多关于她自己的部分，除了工作以外的生活，她的丈夫、孩子，或者她的原生家庭，我乐意去倾听所有家庭的故事，从中来找寻自己家的记忆，作为一种参照和提醒。但她每次都能控制和客户聊天的范围，不逾越分毫到自己的私人生活里，好像一个夏天里穿着得体的女人，恪守内心道德标准，不裸露多余的部分。

我仍只是记住她晃动的马尾，眼睑的脂肪粒，额头的痘印，以及蓝色口罩上面的眼睛。很多时候，我甚至觉得她跟我说的那些话都是从这双眼睛里传出来的。众多血丝游弋于她的眼白，眼珠似乎覆盖着一层灰色的薄膜，她也懒得将其转动，看我时，眼神显得冷静而无意图。这是她身上无法用粉底遮盖的地方，极其真实表达着她的疲倦、木然，好像对这世界、对这生活，没有爱，也没有恨。直到现在，我都不知道她的名字。

> Chapter 3
> 世界予我寂静欢喜

但我对人的外表与内在的深刻理解,却很大程度上是来源于她一次一次为我化妆的时刻。这是非常奇妙的事情,她提醒我,也带给我思考。我仿佛透过她看到了她所接触到的那些人,为皮囊为欲望愁苦的一批人,他们分散于这个社会的各个角落,因现实境遇而共同抵达这里,在镜中与镜外世界里更换表情、身份及命运的路径。过去和此刻在这里,虚假和真实在这里,赞叹和唏嘘在这里,一个时代的悲欢在这里显出雪泥鸿爪。

完美在人身上是一个不存在的评价用语,谁都有或大或小的缺陷。化妆给他们带来皮相上短暂的完美,你可以说那是他们的错觉,一切都会在卸妆后回到之前的生活,但他们享受这些须臾错觉,好歹世界在这时有用正眼瞧过他们。

都会有，都会好

我们终将独自前行

> 孤独面对自我和世界是人生常态，
> 也是每个人从成长到成熟的一门必修课。我们要有勇气与能力，
> 去接纳一个身旁不再有人陪伴而与现实单打独斗的自己。

1

在出版社实习的那段时间，晚上下班后，我都会去观音桥逛逛，喝杯咖啡、看一会儿书再回家，经常搭末班地铁回去。

地铁装着满车疲惫的人，车如鳝鱼般在黑暗的海上游动。每过一站，车上的人便少掉一批，到了礼嘉站后，车厢就空了。这时，我常见到一个与我年龄相仿的男孩上来。

他眉眼清秀，垂眼时似有水滴滑落，穿着一件白衬衫，外面是一身棕色尼龙大衣，白色球鞋的鞋面十分干净。他每次都固定坐在我对面的位子上，当身边的人都在打盹、玩手机时，他却从包里拿出一本书读起来，显得与旁人如此不同。有时见他看米兰·昆德拉

Chapter 3
世界予我寂静欢喜

的《生命不能承受之轻》，有时瞥见他翻起奥尔罕·帕慕克的《我的名字叫红》，有时他捧读的是康德、本雅明的哲学论著。

真是有趣的人，每次见他手里换了本书，我都这么想着。

在实习的三个月里，他都这样坐在我对面。受他影响，我也开始往包里随手放一本书，在坐车间隙拿出来看。不知不觉间，他似乎成了一个陪伴我的朋友。

有一天，地铁开到礼嘉后，我没有看见他上来。此后，我没再碰见他。他是离开这座城市了吧？我有些忧伤地问着对面一排空空的座位，它没有回答，这一切就像一个告别。

我想到这些年身旁的人来人往、朋友间的聚少离多，不免难过地抽了一下鼻子。曾将过往一瞬当作永恒的人，心底往往都有最大密度的蓝。在孤独时刻，这些蓝都被现实处境打翻在地，而我所能做的，是拿出汲墨器汲取它们，再装进钢笔里，写下与青春相关的只言片语。

高三那年每天晚自习结束，我都要穿过一条小路回出租屋。

那时在路上经常碰到一个清瘦的男孩，跟我一样穿着松松垮垮的校服，晚风刮得大时，衣服鼓起来，感觉自己随时都会飘到空中。

他脚上似乎装着轮子，走路异常快速，那时我比较争强好胜，想与他较劲，就憋着一股气快步往前走，很快追到他身旁一侧。男孩察觉到了，瞬间快步流星，一会儿就把我甩到后头。我可不想认输，咬了下嘴皮，双脚加快行走的频率，身体扭摆起来，蛇形似向前游去，费了些力气又同他居于一条水平线上。

我边走边看向他，嘴角得意一笑，他也侧着脸看我，两个人在某个时刻不约而同傻笑起来。昏黄的路灯下是两张少年明媚的脸。

一条夜路竟然成了我们的竞走赛道，让一段平淡无奇的时光变得生动有趣。后来知道了男孩的姓名，放学后总是相约回家，走了一趟又一趟的夜路，在途中，我们相互唱歌、背课文、说自己暗恋的人，直到高考结束。

最后一次我们相伴回家，是学校放温书假的前夜。我们一路上都控制着脸上焦虑的表情，而故作轻松，投给对方一副笑容，嘴边聊着高考解放后的日子、自己期待前往的远方。在拐角即将分别的时候，他突然停下脚步，眼里闪着光，看着我说："只能送你到这里了，以后我们都要自己一个人好好走路了，加油。"

我没有说话，只是点了点头，眼睛里仿佛装了片海，波涛汹涌，幸好夜色够深，藏住了我的忧伤。我只站在原地瞧他转身离去，目送是那时的我唯一能做的事情。

2

我开始懂得朋友的陪伴往往比较短暂，世间没有一条河不会分流而始终完整，能与我们并行抵达生命尽头的事物并不多，庆幸自己遇见这样的少年，让沉闷得如往深井里投石的日子，因此涟漪微荡。

一直怀念研究生要毕业的时候，住在阿辞家里拍摄剧作课短片

Chapter 3
世界予我寂静欢喜

作品。阿辞当时租住在南滨路边上的公寓里，要穿过铜元局正街，那条老街在我的印象中是铅灰色的，破落、潮湿、暗淡，却又充满老重庆最真实、淳朴的烟火气息。阿辞住在十七楼，因与房东先前就认识，每个月只交着不到一千块的房租，一个人住着一百多平方米的房子。

推开门，就觉得他家异常空旷。客厅仅摆着两三件简单的家具，但也被阿辞布置得温馨、文艺，桌上玻璃瓶内插着满天星、百合和玫瑰，角落里有艾草、文竹、白掌，墙上则贴着电影《美国往事》《花样年华》的海报。落地窗外是一个阳台，我喜欢在那里待着。初夏的夜里，阿辞跟我会躺在阳台的摇椅上，喝着红茶、吃着梅子，乘凉、聊天。

那段时间，我们俩都遇上了麻烦事。阿辞的公司经营不景气，已经拖欠了员工数月工资，他不得不重新找份工作。而我，为了完成期末短片拍摄作业，找了许多摄影师，都商讨无果。正当我失落无助的时候，阿辞打来电话，说要帮我。于是那阵子他都没有顾及找工作，重新拾起他许久不碰的单反帮我拍摄，还找来他的朋友提供一些道具和场景地。

为了拍摄最后一幕场景，我们坐电梯来到三十层高的大楼天台上。我从未感受过自己可以与天空靠得这么近，从江北机场出来的飞机像白色的大鸟掠过我们头顶，而眼帘底下，江水淙淙，仿佛山城奔流的血液，岸边鳞次栉比的建筑在落日下被镀上了一层金色。人间真是灿烂。

我激动地看着阿辞。他很镇定，跟我说："给你拍张照片吧，瞧这里！"在我还没反应过来时，他已经用镜头定格了所有。后来当自己不经意间翻到那张相片时，那段时间的记忆似乎都悉数归来，我们年轻时的苦乐悲欢都一一浮现。

3

我生性笨拙，毫无觉察日子的悄然流逝，朋友阿辞已经离开重庆两年了。

记得毕业那天我去找他，我们在一家深巷串串店里，为一段青春的谢幕举杯。"曾经以为自己打死都不会离开这里，现在也得向现实低头了，买了去上海的动车票，后天就走。"阿辞苦笑着，默默喝了杯酒，之后又跟我说，"不过也没什么，改天想回来了就回来，反正你还在这待着。"语毕，我们杯盏相碰，一饮而尽。

回来途中，阿辞从兜里掏出一粒他平日最喜欢吃的梅子糖给我，那是我嚼过的最甜也最酸楚的糖果。在回味中，舌苔上坐着岁月点滴，慢慢长出我们青春的日子。

人生总有一段旅途，素不相识的人相逢，渐渐成知交。我们会遇见一个人，他像暖阳，像星辰，像河流，给予我们行走的方向与力量，让我们不再孤单。但人生又有一段季节，昔日陪伴在侧的人会纷纷如候鸟，离开我们的林场。在街角、分岔路口道别的时候，我们不会知道一挥手可能就代表了故事的结局。

彼此练习成为各自的过客，花更多的力气讨要陌生的未来，像《猜火车》中说的一样,我们将在背过身后"选择生活,选择工作,选择事业,选择家庭,选择电视机,选择洗衣机、汽车、CD播放机、电动开罐器,选择健康、低胆固醇、各种保险,选择低利息贷款,选择房子"……

4

夜的烛焰会在一瞬间悉数熄灭,剩下自己以孤独为宴,然后温柔地走入良宵。

我们开始一个人醒来面对今天的世界,一个人学习,一个人下班,一个人吃饭,一个人逛街,一个人搬行李,一个人看电影,一个人对第二份半价的食物自动屏蔽,甚至跨年一个人站在烟花绽放的夜空下发呆。

孤独面对自我和世界是人生常态,也是每个人从成长到成熟的一门必修课。我们要有勇气与能力,去接纳一个身旁不再有人陪伴而与现实单打独斗的自己。这样的自己会逐渐剔除软弱、矫情和依赖,变得坚强、厚重与丰盛。

世上的路多半曲折动荡,太多人都在辛苦赶路,感谢愿意停下脚步而选择在有限岁月里陪我走路的人,你们是我此刻渴望重逢的故地,那些由运动鞋、帆布鞋踏出的响亮脚步,有我耳边最惦念的足音。

只要这个世界上有爱有陪伴,不管时间长短,一切都会越来越好。长路漫漫,也有不熄的烛火送来微光,温暖我们的面颊。

都会有，都会好

目送你向着光走去

> 我握着岁月的伞柄，路过大雨如注中慌乱奔跑的他们，唯一能做的是让他们停住没有方向的步履，来到伞下，等待天晴，我再看着他们朝着一条切的路迈出坚定的步伐。

1

一天傍晚下课后，我在讲台上整理教学用具间隙，对着教室里的钟发呆，看指针不停转动，突然意识到时间是一剂不易察觉的麻醉药，自己站在这张讲台上都快三年了。

在这岁月易逝的讲台上，我总能想起一些特殊的学生。他们穿过所有年轻相似的面庞，将哀伤而无助的青春递到我跟前，每一回将它们打开的过程都是艰难的。里面沉浸了太多的辛酸苦楚，本不该属于这一张张脸。

每学期开学初，我都会在第一堂课上做些有趣的调查，一回是想起了张爱玲的散文《爱憎表》，她在里面提到自己学生时代"最

Chapter 3
世界予我寂静欢喜

怕死,最恨有天才的女孩太早结婚,最喜欢爱德华八世,最爱吃叉烧饭"。我便让学生在纸条上填写成长至今尤为重要的两项内容:最爱与最恨的人或事情,并附上一段简短描述。

他们把纸条交上来,我看了一眼,内容都很相似,最爱的人无非亲人;最恨的人或事,答案空白。

唯独她写下的几行,让我看后一阵心悸。

我最恨我爸,如果不是他,我妈就不会死,他一直想要儿子,我妈生了我以后,他就天天在我妈跟前念叨着再生个看看,我的出生对他来说是无意义的。我妈最后忍受不了这个男人,自杀了。

出于内容的隐私性,我没有当着全班读出她的爱与恨,我想保护她,全班三十一名同学中,她是我故意漏掉的一个。我想把课堂变成树洞,藏住她或者以后更多学生的秘密。

她似乎察觉到了这些,那堂课我提萧红,她举手,说她已经看了三遍《呼兰河传》,随后她想把故事讲出,限于教学时间安排,我打住了她。她失落地坐下,像一匹骆驼。然后我聊到米兰·昆德拉的《生命不能承受之轻》,她也举手,想发表看法,眼神倔强,又有一丝常人无法瞥见的忧伤。

在上那堂课的过程中,她都在努力或者说是竭尽全力突出自我的存在,全然不顾其他同学的目光和议论,甚至反感,我知道她是真的不想做被漏掉的那个。直觉告诉我,这是一个对生死有特殊经历与理解的大一女生。她有很多故事,有强烈的表达欲望,但缺少观众。她内心深处的声音,像是深海中孤独的鲸发出的,有特殊的

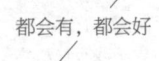

频率，期待被发现，被倾听。

　　于是放学后，我把她留下来。我们在学校的湖畔聊天。灰蒙蒙的天色下，湖看起来纹丝不动，很大，像一片沼泽。她告诉我她这十八年走来的路。讲到痛处，我发现她面色平和，没有一丝哀戚。她说自从母亲死后，这个旖旎的世界已没有太多的事情能用"悲伤"一词去形容。即便面对父亲的冷脸和他偶尔撒泼出来的坏脾气，她都不能动用脸上一丝表情去回应。

　　"我妈走了以后，我再也没对他喊过'爸爸'，这些年多半时候我都在恨他，他叫我往西，我就向东，彼此僵持。但有时候我对他又恨不起来，当我看到他一个人待在卧室里从衣柜中取出我妈以前最爱穿的那条花裙子的时候，我竟然觉得他也很可怜。似乎，害死我妈的凶手并不是他，而是一种我说不上来的力量。老师你知道那是什么吗？"她抬头认真看着我问。

　　我知道，但我没有急着告诉她。因为她要长大，要学着靠自己去知晓这个世界的一切。

2

　　其实在这所学校里，多数学生的家庭情况都很复杂。我也曾在一次讲到家庭题材的文学课上做过调查，让学生匿名写下家庭情况，令我颇为诧异的是，全班五十人左右，竟有三分之二的学生来自离异家庭。

　　这是一个没法好好去爱一个人的时代，世界太过喧哗，人与

Chapter 3
世界予我寂静欢喜

人之间情感复杂而脆弱。这些十八九岁身心发育并未真正成熟的孩子，要在敏感的年纪里去承受家庭频现的矛盾、冲突及潦草的收场。太多年轻的父母被自私的欲望奴役，在爱的第一课堂上缺席了。

生命中所有的事，因为这份爱的疏离、黯淡，而都显得无趣，孩子们正失去对这世界的信任，可以往前的勇气。面对这样的世界，我只能用一个温热的眼神，隔着无法缝补的距离去拥抱这些学生。话不想说太多，一切言语都不牢靠，都太轻，太苍白。

3

我工作的大学在重庆当地人眼中是所"贵族学校"，原因在于学校收取的学费较高，以至于许多人都认为这里的学生都来自富贵人家，其实这是错觉。

在一次期末考试监考时，我负责检查整个考场六十名学生的身份证件。我先站在讲台上观察了一下全班学生的打扮，多数人都在赶着当下流行的日韩潮流，从发型、面部妆容再到衣着，潮流如同瘟疫席卷着他们，花了不少精力与财力，看他们的模样，都像是有钱人家的孩子。等我走下讲台，开始一个一个检查过去时，却发现他们中仅有五分之一的人来自城市，而绝大部分学生的住址为某镇某村几组几号。这真是一个我们容易被表象蒙骗的时代。

小陈是我教过的一名大一学生，他坐在考场中，跟这里的大多数学生一样，来自农村。我对他印象深刻，因为他长期坐在班级

第一排听课。他刚来时，穿着打扮非常质朴，从不穿老一辈人眼中的"奇装异服"，人很精神，梳着中分头，戴着金属材质的圆框眼镜，衬衫扣子全都系上，外面套一件圆领毛衣或黑色外套，展现着他认为的一个大学文科男生该有的模样。

小陈很喜欢看书，从文学到哲学的那些经典著作，他都乐于跟我分享他读过之后的感受，每回买了新书，都第一时间兴奋地告诉我。这点与我相像，我们有物质生活以外的乐趣支撑自己漫长而寂寥的每一天。我时常也送他自己喜欢的一些书，多半也是人文社科的著作，他收到书时很感恩，每次总躬身感谢我。

有一回在图书馆门口，我远远地就看见小陈，正准备将手里费孝通先生的《乡村经济》给他，我招呼他，他好像很难过，抽泣着，随后看见我，便连忙用衣袖擦了擦眼角，向我走来。见他这样，我脸上的笑容瞬间也消散，我问他怎么了，他支支吾吾，之后还是没忍住，哭了，说："我爸刚刚来电话，问我怎么还在学校里念书，他说村子里跟我年龄差不多的人都去打工了，他一个人要养一个家很不容易，想着要供我读四年，他更觉得累了。老师，我听他那么说，我很痛苦……"

我第二次见到小陈哭，是在开学两个多月后，一次下课后，当教室里的其他学生都像得到解放似的跑掉时，他仍坐在第一排的位子上。等我收拾完讲台上的东西要离开时，他站起来，陪我走出教室。在路上，他像往常那样说着这段时间所看的书，所做的事，我听后，频频点头，给他肯定。

Chapter 3
世界予我寂静欢喜

说话间隙，瞧见他总用手抚弄着连帽衫的带子，我才发现他正改变着穿衣风格。一件红色的衣服，带着非常活泼的卡通字母图案，是近期学生间比较流行的款式。我说："你买了新衣服啊，挺好看的。"他眼里闪烁出一丝羞怯与紧张，又不知道如何回答我，只嘴角僵硬地笑了一下。

要离别时，他在背后突然叫住我，我回头，看他如犯错的孩童那样低头走来，对我说："老师，我不知道怎么办，感觉现在的自己正被周围的人同化，我想好好学习，可是他们好像很讨厌我。在宿舍我一看书、背英语，室友就大声说话、唱歌，或者把电脑游戏的声音开得很大。他们好像合力拉着我，不让我往前，我很怕，那种被孤立的感觉很难受……"

4

我深深明白小陈痛苦的原因，家庭经济情况与此刻所处环境之间的失衡，努力的个体和堕落的群体之间的角斗，很明显，他处于弱势的一方，要想突出重围，必然要独自扛住压力、咽下苦水、持之以恒向前走。能走过来的，往后岁月都会格外眷顾他；中途投降的，人生多半将在失落与焦灼中度过。

现在的大学早已不再是象牙塔，社会风气都汹涌灌进，它成了一个大染缸，许多尚年轻的学生都迷失在这里。物质生活的泥浆覆盖了单纯的面孔，将他们重塑成一个陌生而虚伪的自己。

一些家庭条件优渥的孩子在这里使劲挥霍青春，可悲的是，对

167

自身现实情况并不清醒的同龄人总乐于加入,四年过去后,前者仍依靠家中殷实的物质基础继续潇洒,而后者呢,这一群一无所有又不学无术的学生,等待他们的,无非是对父母及社会的抱怨、无尽的失落与感伤,甚至身上充满一股戾气,给自己与他人造成伤害。人生的底色不再明艳,是灰色的,如尘埃般,在低处起起伏伏。

我经常鼓励小陈,跟他说:"别害怕,始终去做自己,坚持自己所认为对的,不要怕被孤立,再糟糕,都有你的影子陪着你,前往未来。"

5

成长是一场漫长的旅行。这些年轻的灵魂,心门本该为沿途落下的光敞开着,却收纳进途中的是非和纷争、苦楚与失望。他们经历命运的玩弄,丢失纯真的面容,心门越来越窄,不免在一些时刻怀疑自身存在的意义。但这些时刻足以真正考验成长中的他们,并构筑成未来身上坚硬的部分。每一次受伤留下的疤痕,都将成为命运送来的勋章。

我握着岁月的伞柄,路过大雨如注中慌乱奔跑的他们,唯一能做的是让他们停住没有方向的步履,来到伞下,等待天晴,我再看着他们朝着一条确切的路迈出坚定的步伐。

我会站在路旁,站在他们身后,目送这些年轻的身影消失在明亮的光中。

Chapter 4

山川岁月长，余生须尽欢

生命的来来去去，在时间与自然面前如此渺小。交给山川和湖海吧，交出所有秘密和幽暗，努力成为夜空中自己喜欢的那一颗星。

都会有，都会好

听风起雨落，等一等灵魂

在庸常生活中，用慢的灵魂靠近细节，或是真相，一切都不能急，心的门需要时时敞开。

1

从鄂州坐一个小时城际铁路到汉口，从汉口坐动车出发，经过七个小时到达合川，再搭上一辆公交车，四十分钟后，同事D终于出现在他租住的小区门口。这是他每次从故乡返回工作地的路线。

因为我就住在D的小区附近，所以我常在路上碰到他，几次都见他拖着行李箱迎面汗涔涔走来。他走路并不匆忙，任额头汗珠滑落也不擦。我掏出面巾纸给他，他说自己有，就是不想擦汗，喜欢汗水慢慢滑过每一寸肌肤的感觉，像身体被划出一条缝隙，体内的世界可以向外呼吸，外面的风也能进来。

D在复旦读书时酷爱诗歌，是个十足的文艺青年，他说的每句

Chapter 4
山川岁月长，余生须尽欢

话都让他区别于俗世中的普通人。我送他回小区公寓，他进屋后，并没有把门关上，我们在客厅里聊了一会儿天，之后我离开，走的时候想顺便把门带上，他跟我说："不用关，我还在等我的灵魂回来，此刻，他应该刚到涪陵。他总是比我的肉身来得慢些。"

当火车从涪陵一带驶过，坐在车窗边往外看，满山青翠，谷深河长，涪水泱泱，浸润着两岸柔软湿润的泥土，生长着水稻、榨菜、萝卜、玉米。隔着厚厚的玻璃板，也能感受到路过的风吹出的清爽。谁的灵魂不想站在那里多看一会儿呢？谁又愿意眼泪潸潸地告别，就此在轰轰隆隆的火车声里度过自己漫长的人生？

曾有半个月，我一个人跑去花莲度假。火车沿海岸线行驶，一面是平静蔚蓝的海洋，一面是云雾缭绕的山峦，整列车厢像处在自然的中心，画面美到极致。我每天早上跟民宿的伙计上山采摘野果、花束，看远处洋面上慢慢爬出的太阳；傍晚时则去海边练习潜水，路上人不多，能见到并不排斥人类的动物在一旁悠然生活。白鹭栖息在憨实的黄牛背上，山羊啃着晚风拂过的青草，有几只红蜻蜓飞来，停在笔直细瘦的芦苇间。时间变得缓慢悠长，我那颗从都市而来的心，像一块石头立在那里，静静的，不再躁动。

想起童年的故乡，也有这样的画卷。

那时常去外婆家，她屋后有条路通往小山，山中有林，也有泉。泉水流淌下来，成了一条细小的溪流。沿途青苔遍布，长有野花，偶尔也能瞥见鹿在饮水。有一回还未见小溪，但耳边已有悦耳水声，整个人听着很舒坦。走近时，正好有只鹿站在溪边，与我对望,数秒后才转身离开。掬起泉水,倒入口中,刹那间凉到心里,我体会到在林中做一只鹿的幸福。

乡下的老房子门前都是花,蔷薇、牵牛、蜀葵、芭蕉、豌豆花……四季花香萦绕,昆虫都爱在花里垂钓睡眠。有访客来,主人不在家,访客也不着急走,坐在门前的石凳上,看着花,等着风,清爽盈满心怀。远处小道上,乡下巴士也跑得慢。路上有阿嬷挥手,车还没到站,司机师傅也会把车停下。他见老人还未来,会下车扶她上来,时间耽搁了两三分钟,但无人会去计较。人心爽朗,时光走得尤慢,总是有风来,阵阵拂面。

2

记忆中,我喝过的最好的茶,是父亲托朋友从福鼎买来的白牡丹,属于白茶的一种,一芽二叶,白毫浓密,香气若花香,又似草药香。我喜欢闻茶叶被热水冲开顿生出的清香,也喜欢看叶片如针漂浮片刻后被水撑开,透出的淡淡青绿。

喝茶,是在养心,是在浸润灵魂。坐定,烧水,洗器皿,烹煮或冲泡选好的茶叶,等茶色在杯中晕开,茶汤既成。饮茶,都需一点时间等待,如天青色等烟雨,让人慢了下来。

在外奔走的这些年,我较少喝到父亲烹煮的茶汤。多数时候,我都不喝茶了,而是改喝咖啡。

我喜欢坐在咖啡店靠窗的位置上,一边喝着醇香的咖啡,一边从明亮的玻璃窗往外瞧去,像一只猫凝视这个纷繁复杂的世界,尤

> Chapter 4
> 山川岁月长，余生须尽欢

其爱盯着过路人的每一副表情、每一个步履看，从中瞥见他们的灵魂是否尚且居于皮囊里。可反复地打量，我只见到少数人脸上喜怒分明的表情、脚下自我松散的步履，多数人在戴着漠然的面具寻求安全感，他们的步履一般也都比较机械快速。

他们带着城市卷进洪流里。所有人都在晕眩当中奋力往前游去，对周围的其他人跟事情失去耐心。他们在地铁站、飞机场、火车站、公交停靠站、大厦的电梯之间移动，木讷、呆滞、神色匆忙，一个地方还未熟悉又急着前往下一站。

速溶咖啡取代了现磨咖啡，手机支付取代了现实货币，便利店排队人一多索性放下商品走了，朋友发来的信息未读完就立马回了，什么都不能等，也似乎什么都不值得等，甚至谈恋爱，也跟生活中的其他事一样让人失去耐心。

物质、效率与数据所堆砌出的生活，就像一些酒和食物，被咀嚼、消化后，索然无味。久而久之，我们失去了灵魂，也不知道开心究竟是什么样子。

3

我上课时，经常在班上讲钱穆教学生写作文的事。

一回，他带学生到山间，坐在松林古墓旁，让学生专心听风穿过松针的声音。他说，和风穿过其他树的声音，就是不一样，这是松风。一回，他又让学生坐在屋檐下，靠一颗心，看雨落，听雨声。钱穆先生是在教会学生在庸常生活中，用慢的灵魂靠近细节，或是真相，一切都不能急，心的门需要时时敞开。

是啊！别着急关门，等一等灵魂。

它正在草原上替你认领满天的星辰，正在长亭外代你问候西风瘦马，正在海岸边找寻你遗忘许久的那座灯塔，正在你儿时的家中照料一棵将结果的梨树。

等一等灵魂，它就要轻轻到来了。

带你熟悉街上的每一间花铺、巷子里的每一家菜馆，知道何处的卡布奇诺是你最爱的，哪里的小酒馆又有你想听的民谣。它让我们看到很多被忽视的生活细节，也让我们因一些微妙而温热的变化感动不已。

我不禁想起多年前，在厦门轮渡码头看见的一个流浪歌手。他唱完Beyond的《光辉岁月》后，收起吉他，步履轻缓地离开，留给身后的人们一个洒脱的背影。

他走在海风中，风把他吹成素描般质朴而柔和的线条，他又像走在山谷间，熟悉每一朵流云，知晓四季植物的生长，在鸟声蝉鸣中从容漫步。他身上似乎才有我们生命最本真的状态。

夜已深沉，我就站在原地看着他慢慢地走，四周安静，无人说话，只听得到时间的声音，在身体的河流上如风般抚过，荡起波光与微澜。

Chapter 4
山川岁月长,余生须尽欢

走得越远,越觉得安心

"你必得一个人和日月星辰对话,和江河湖海晤谈,和每一棵树握手,和每一株草耳鬓厮磨,你才会顿悟宇宙之大、生命之微、时间之贵、死亡之近。"

1

工作以后,我就像飞行疲惫的昆虫陷入生活的蛛网当中。

一天夜里,自己突然惊醒,起身检查白天上班时部门需要的材料,生怕有所闪失,此后便再也无法入睡。独自站在深夜的阳台上,先是沉默,之后没忍住,哭了起来。

在模糊的泪光中,瞥见远方被路灯照亮的路,空荡荡的,像一个老友等候着我。我旋即离开了空间狭小的寓所,忘记自己已经不再年轻的身体,丢开身后的一切,只像个孩子似的向着那条路跑去。

久违的清风与带着露水的空气,是一双双手,抚摸我,拥抱我。我迎着它们，逐渐闭合的内心又一次敞开了，像近乎窒息的人大口大口吸着氧气。

远方的路在召唤着我，每一阵风都是它的呼唤，叫我暂时离开既定的生活，把过往压成一张薄纸，夹进某本书里，然后去往别处自由自在地生活一段时间。

旅行永远给我提供了一个出口，让我疲乏的身心重新得到呼吸。

在一程一程的路途中，在一处又一处的风景里，在与一个又一个陌生人的交谈间，面对旅馆中的小床和淌进窗子的月光，我交出过去，交出秘密，交出沉重的肉身，换回自己清澈的灵魂。

在兰屿凌晨四点醒来，看到窗外白昼比我还早清醒，它将大把的光铺到海上，泛起粼粼波光，像成千上万的鱼跃出洋面又迅即潜进水中。一瞬间，自己竟有了错觉，似乎这已用尽了我此生所有的光，所有暗处的影子都悄然无踪。

从白沙湾坐公交车去富贵角看灯塔。左边是蔚蓝的海面，右边是连绵的山峦。山羊在吃草，浓郁的青草香被午后的风带进车窗，感觉是时间的味道。一路上不见人间烟火，觉得昨日已是遥远的存在，世界的尽头仿佛即刻将至。

去吴哥窟看微笑的佛，深深被雕刻在石像上温柔祥和的笑容打动，内心忽有莲花绽开，一双久经尘世磨砺的手搭在我的肩上。那样轻，没有爱恨，没有一丝关乎生死的重量。无尽岁月，苍茫风霜，也只成为肩头一缕流经的清风，世事短若一梦。

Chapter 4
山川岁月长，余生须尽欢

坐绿皮火车去武隆，抵达的时候，也不急着出站，我喜欢蹲在站台上，看着人群扛着大包小包挤上车厢。想起第一次赶火车的情景，我和父亲在人山人海中失散，在火车将开的前两分钟，他跑到我在的车厢外面。我们隔着厚厚的玻璃窗挥了挥手，彼此口中那一句简短的再见都没亲耳听见。

在一趟趟的远途中，目光落在了许多印着地名的站牌上，它们提醒着我一个又一个远方正与自己相逢，但又刹那间需做告别。我们总在沿途欣赏、沉睡、吃喝，在舍得、舍不得间迟疑、周旋、走走停停，一条条道路都模拟着人生的路径。

结束了这些释放自我的旅程，回来后，生活仍如过去一样面不改色，但我的心在路上得到了锻造。面对与过往相像而困倦的日子，我不会"缴枪投降"。时刻自知生命的意义并不在于折腾、透支年轻的躯体，来寻得未来凭借物质、权力垒砌的安全感，而是洞悉世间路径，寻找到一条让内心踏实、宁静、格局广阔的路途，在路上与纯粹的自己重逢。

2

在繁忙的工作之余，我开始利用碎片似的时间出门看看世界，涉足的虽不是远方的路，但心是通往远方的。

在多风的下午，去慰问公园里的花草；走陌生的街道，拓展一座城市在内心的版图；躲进一间书店，在众多古书中远足，寻觅亭台楼榭、才子佳人；日暮时分，前往码头，买两三条模样较丧的鱼,转头放归江湖,让它们带上一个个微小的我游向远方,于是在一个短暂的片刻,自己身上所负载的疲惫、屈辱、过往都一一消失。

去往邻近的山丘,绕过曲折漫长的盘山路,直至山巅。中途有过的疲乏、放弃、汗水抑或眼泪,都会在看见山脚寺庙飘出袅袅烟气后得到解脱。有时也听到钟声在天地间回旋,召唤着晚归的鸟群,它们从天际轻缓飞来,斜进林中。

这样能够眼观、谛听的安静,跟随傍晚日落后山间腾起的水雾,扑进我的皮囊。我像颗瞬间水分充足而显饱满的果实,再无往日的彷徨、颓靡、憋屈。仿佛近来所有不愿回想的遭际都不值一提,顷刻间化作尘埃,落下便不再起身。这是神圣的时刻,未来无论自己走向哪里,这深埋在心中美的种子都会萌发枝叶,净化喧哗的人间。

3

毕淑敏曾说:"你必得一个人和日月星辰对话,和江河湖海晤谈,和每一棵树握手,和每一株草耳鬓厮磨,你才会顿悟宇宙之大、生命之微、时间之贵、死亡之近。"

出发,在路上,在这段由足下汇溪成河的过程中,一个人品尝被全世界抛弃的孤寂,是一种被真实包裹的感觉。植物的清香、明亮的长窗、滴雨的屋檐、灯火阑珊但不孤楚的街道、寡言但爱笑的路人,都织起了旅途的长卷。人在其间漫步,也像是走在自己

Chapter 4
山川岁月长，余生须尽欢

心上。

在这不易负重、出路不明的时代，现实与生活给予我们太多的泪水与不安。我对自己说，不要再来了，这些疼痛、虚无、捕风捉影的日子，这些炽热灼人的生活，就让所有的苦恼、懊悔、困顿都随时间升涨起来的潮水，返回遥远的海域。我的耳畔荡起的只是土耳其旧时民谣的微波："在远方的鼓声呼唤下，我踏上漫长的旅途，裹起一件旧大衣，把一切留在身后。"

春来草绿，入夏荷香，秋起叶红，冬临雪飘。人生近似一场徒步旅行，在一条条远方的路上找到归家的方向，在一次次出发与抵达间寻回内心的秩序。

无涯的时间流淌而去，我的脸上还留有当初的笑，走得越远，越觉得安心。

少年感是一种抗氧化剂

少年是这世间最美好的一种存在。拥有少年感的人，永远都不畏惧岁月挥动的刻刀。

1

对于夏天的衣着，我始终喜欢进行简单的搭配：浅蓝色牛仔裤，加一件白T恤，如果偶尔天气变冷，便将白T恤换成黑T恤，外面搭一件开襟的白衬衫，没有复杂的图案。这样着装，没有参考谁的建议，也没有特意从电视或杂志上学来，是上中学后穿衣上的一种自觉。

我的衣柜里，摆满的都是这些牛仔裤、T恤和衬衫。它们陪我度过了每一个蝉鸣声声的时节，我也穿着它们走过了生命中一段又一段旅途。

只要这样的穿着打扮没有改变，我就觉得时间永远停在上面，

Chapter 4
山川岁月长，余生须尽欢

十七岁、二十岁似乎仍是相同的模样。

村上春树说："不管全世界所有人怎么说，我都认为自己的感受才是正确的。无论别人怎么看，我绝不打乱自己的节奏。喜欢的事自然可以坚持，不喜欢的怎么也长久不了。"

少年感跟自我感受的坚持密切相关，在与过去相似的环境里，我们不会轻易老去。衰老多半是别人在你改变的瞬间提醒你的，而你也用失落与沉默回应了。

有时候碰到老同学，见面时总会惊讶地看着我，然后开口问道："这么多年过去了，你怎么还跟当初一样，没有太多变化？"

我有观察过，提出这个问题的同学多数都已结婚，甚至他们的孩子都已经三四岁。婚姻、家庭、工作、生活，迫使许多人逐渐远离曾经的自己，安于世俗的道路，付出的代价是极度的疲倦与真实自我的丧失。

我回答他，是因为我仍天真。

天真地保持着自我，追求着别人已无力再去思索的理想，没有受到他人目光的绑架。世界因此没有改变我。

后来才想到自己常年穿着一身相似搭配的衣服，其中一种意义是为了坚持，不被同化，是为了保护身上的少年感。

它在我靠近三十岁的路途上显得非常珍贵，提供给我不同常人的诗意与想象以及一股似乎总用不完的生命活力。

2

在我见过的华语男作家里,蒋勋先生很有少年感。

生于1947年的他,岁数上早已跟少年丝毫不沾边,但他那颗始终没有饶过岁月的心,让他周身充满力量。这种力量在六七十岁的人群中相当罕见。

2015年夏天,我在台北诚品书店见到了先生,原先想着他应该是拄杖而来的老者,消瘦,憔悴。可我眼前的他却是身材挺拔,眸中有光,神采奕奕。

他给我们讲起《红楼梦》中贾宝玉的少年时期。十三岁的贾宝玉生活在"十二金钗"所构筑的青春王国里,身体刚刚发育,对生命充满无知,也充满好奇,性情仍旧单纯,他凭着自我本真对抗着成人俗世的价值观,渴望活出自己,周身都是少年气。

在这茫茫人间,我们终其一生,或许都是在寻找相似的灵魂。蒋勋身上的少年感使他更靠近贾宝玉,思考、书写都显得纯粹而富有真性情。

他曾在《灭烛,怜光满》中提到自己二十多岁漂洋过海求学的经历,在爱琴海波涛荡漾的夜里,在斑斓星辰下,身处异国他乡的他认领流淌在血液里的诗篇,说这记忆中的月光无论何时都可以提取出来,而这月光里,也含着他的那一份少年感。

先生有事,在书店待了一会儿就离开了。临行时,作为与他拥有相同祖籍地的同乡,我在电梯口送别他。

Chapter 4
山川岁月长，余生须尽欢

在与他拥抱时，我能感受到一股力量正从他那里流淌而来，是不曾老去的生命力，是永远单纯看待人世的温情。

3

在我不爱接触的人当中，有一类男生特别喜欢把矫情当作天真，把少男病当成少年感。

我从没见过有比Z更做作的男生了。吃饭必须一个人吃，睡觉必须一个人睡，身旁不许有人。路过一家十元一杯的奶茶店，一脸嫌弃，可某天你却看见他自己偷偷买了一杯在路上喝着。嘴上说不聊明星、电视剧，并且鄙视花痴少女，下一秒手机里却存了好多当红明星的照片，自己还去理发店烫了同款发型。整天抱怨卖萌的人，一个转身，自己又把布朗熊抱在怀中，做剪刀手自拍。每回逛街时，看到有人从健身房出来，不免在嘴边咕哝几句，不久之后自己竟然也去练腹肌了。

Z厌恶所有上了年纪、大腹便便、穿着土气、脖子粗壮的男人，他喜欢所有与"细""瘦""文艺""阳光"此类形容相关的事物。我问他为什么。他解释道，因为那样很少年啊！我就喜欢跟少年感满满的人或东西在一起。

我从来不会戳穿Z的这一切：他所谓的少年感是如此浮夸、浅薄。

我也谅解Z，感觉是一种形而上的存在。在一部分人眼中，少年感的度并不好把握，各自所处的环境，拥有的视野，还有物质等因素，都会让一些人误判，适得其反。

4

电影《蓝色大门》是我每年都要回顾的一部影片，觉得易智言导演挑人的眼光真是太好了，或者应该说导演对少年感的认识很到位。

片中陈柏霖和桂纶镁青涩如夏天的薄荷茶，两张稚嫩的面孔在镜头里闪动，自行车轻巧地冲出车流，在风中飞驰，花衬衫猎猎飞舞，水一样的少年流动在日光微醺的台北街头。

这么多年过去了，能挣脱时间束缚，没有变成油腻的中年人，还能自然演绎少男少女角色的演员并不多。在电影《男朋友·女朋友》中，桂纶镁还可以演少女，而在电视剧《我可能不会爱你》中，陈柏霖依旧可以演少年。少年感浮现在他们闪烁的每个眼神里。

少年感可能是跟长相外貌有关：面颊娇小、秀发乌黑、明眸善睐、质朴而不善打扮……但更重要的是，复杂的现实境况能否撼动、消除你身上的元气。

如果你没有坚持住，俗世的浑水将浸透周身，你的少年感将很快被圆滑油腻取而代之。如果你坚持下来了，你依然是当年那个脚底生风、满怀星辰宇宙的少年。

Chapter 4
山川岁月长，余生须尽欢

5

在烦闷的夏天遇见树荫下骑单车的男生，颤动的T恤里有明晰的锁骨，发梢上滑落的汗滴都蓄满他的少年感。他一笑，凝滞的空气都瞬间流动。他带来了风。

少年是这世间最美好的一种存在。拥有少年感的人，永远都不畏惧岁月挥动的刻刀。他们单纯、简单，没有染上世俗复杂的色彩，也没有被世间的风尘覆盖，身上始终明媚又停驻着回旋的风。

无论何时，他们都有与这世界所有的不美好战斗的超能力。

都会有，都会好

且以优雅慢煮生活

> 太少人能从现实的水池中浮出面颊，优雅地抬起头，看看天空，看看世界。生命中很多重要的东西，无意间都被我们弄丢了。

1

生活在瞬息万变的时代，我欣赏那些不被庸常俗世逼迫从容做自己的人，他们内心深处栖息着优雅的灵魂。如见深巷人家用木桶慢慢蒸煮出的米饭，颗粒饱满雪白，舌尖碰到，香糯又富有弹性。盛上这一碗慢的人间，才知烟火气也可以如此清冽。

偶然从朋友处得到叶嘉莹先生的书籍，一位才德兼备的女子一生都在为古诗词的传承而行路漫漫。活到九十多岁了，仍在平平仄仄中优雅笃行，一颦一眸都像是秋日下的江河，娴静，安然，又不失广阔。

在这浮躁的时代，守得住清贫跟寂寞的人，太少。大家都谈俗

Chapter 4
山川岁月长，余生须尽欢

世的意义、功利化的目的，但她在讲学中，用平缓的清音说："很多人问我学诗词有什么用，这的确不像经商炒股，能直接看到结果。钟嵘在《诗品》序言中说：'气之动物，物之感人，故摇荡性情，形诸舞咏。'人心有所感才写诗。"

优雅的人从不与俗世众人苟同，自有方向和节奏，在清欢中寻得有味人间。

曾经觉得一个优雅的人，需具备的条件是：有一张耐看的脸，有优渥的家庭条件，腹有诗书的文化涵养。后来慢慢知道，自己的这种感觉其实说的是类似贵族这样的少数群体，而非真正具有优雅灵魂的人。

无须关注长相，也并非具备一定物质基础，一个人照样可以优雅起来。它会给人一种气息上的感染，使内心被现实搓揉出的层层褶皱得以抚平，在自己的气候中，湿漉漉的人生被轻轻翻晒。

2

在马路边，看见一个下班归家的清洁女工，戴着耳机，肩上挎着一个帆布包，走路从容。此刻，不见她弓身扫地的身影，也没见着扫帚、簸箕、垃圾车如孩童围立在她身旁。我从远处望见她，若是没有那一身质朴的工作服，从背影判断，估计以为是个女大学生，那长发在风中恣意摇曳，她也不着急，伸手慢慢拂过一缕又一缕，像在梳理现实这匹白马的鬃毛。

同事曾在街头遇见一个站街女，拒绝对方的皮囊生意后，女方也不失态，亦是和颜悦色地与同事攀谈，聊起自己的日常雅趣，喜欢吟咏诗词，同事有些怀疑，女方便即刻蘸着眼前的夜色，口中轻声细语，道出晏几道的"小山词"："浅酒欲邀谁劝，深情惟有君知。东溪春近好同归。柳垂江上影，梅谢雪中枝。"

在这茫茫人世里，生活是不易的两个字，但不代表优雅只专属于某类群体，谁都有权利追求优雅、呈现优雅。

我也在街头碰见一群中年人，应是幼时常在一起嬉闹厮混、后来各自居于山南海北的发小，历经沧桑后，又围摄儿坐一起谈笑风生。上一秒聊着天吃着花生举杯邀明月三生，下一秒又沉默了一阵子，之后谁提议唱首《珍惜》，几个男人便丢却苦撑了半辈子的刚硬，柔情似水地唱着："珍惜青春梦一场，珍惜相聚的时光，谁能年少不痴狂独自闯荡……"舒缓而真挚的歌声领着他们返回从前。

家附近有座庙宇，日常看管、打理那里的是一对年过六旬的老夫妻。曾有几次路过，我见到夫妻俩在工作，他们用刷子清扫案头和器皿上的灰尘，之后用抹布擦拭一遍，瞬间干干净净，发出些许光泽。劳作中，他们甚少交谈，两人都目光笃定，动作轻柔，用自己的节奏进行着手里的事情，不被外界打扰。任日色斜去，他们的生命在一种缓慢的劳作中，展示着独特的优雅。

父亲是个不爱说话的农民，平日友人不多。我在家时常常见到他一个人在客厅喝茶，他很讲究，从不直接用热水泡茶，而是通过一件又一件的茶具滤洗，见茶汤成色已佳，再倒入白瓷小杯里，极为细致。屋外种着一棵栀子树，盛夏时白花开得硕大，花香飘

Chapter 4
山川岁月长，余生须尽欢

进来，跟父亲爱喝的武夷山岩茶香味混在一起，香气氤氲满屋。父亲曾想教我品茶，我年少无耐心，喝完全无感觉，还觉得苦。父亲说，好茶总是苦后能回甘，每一口茶的滋味都需要慢慢体会，不要用喝白开水的方式对待它。

离开家的这些年，一个人面对茶汤，总会想起父亲在家喝茶的情景。他的背影虽然孤独，但有一种洒脱的意趣，仿佛坐于清风明月间听松涛拂动，淡泊，闲适，有着贫苦处境下谁也无法夺走的优雅。

3

这是一个容易失去自我姿态的时代，在一种讲究时效、快节奏、量化的环境里，我们活得越来越粗糙，过得越来越草率。在办公室里赶一份材料，刚坐下敲一会儿字就冷不丁摔键盘；在人流量超大的高峰时段挤公交，一边排队一边把世界骂个不停；接受部门安排，到多个地方出差，步履匆匆，在一个又一个深夜的机场兜转，顾影自怜；为了一个期许的明天，通宵准备一场又一场考试，眼内压不断升高，再熬一秒整个人就倒下了。冷暖空气轮番拉锯，生活曲曲折折起起伏伏，如同一条高速，谁都在开着车疾驰而过，风尘四起。

太少人能从现实的水池中浮出面颊，优雅地抬起头，看看天空，看看世界。于是，鸟群寂寞了，晚霞寂寞了，月亮寂寞了，星星寂寞了。生命中很多重要的东西，无意间都被我们弄丢了。

都会有，都会好

我喜欢观摩身边普通人的一言一行，有时正好见到他们平凡中优雅的一面，如同望到一条终日苍白的大河中突现的船只，带给我惊喜。那位在高楼上练习美声的奶奶，神情专注而投入，把阳台当作舞台，把这天地当成观众；那个在地铁上安静看《生命不能承受之轻》的男青年，眉目紧跟书页而动，与所有低头沉迷手机的乘客都不一样；那个在旅行途中吃水果的中年女人，将小小的一枚果核轻轻放入纸上，认真包好并带走……优雅离任何人都不远，多数平凡人也都有优雅的一面。日常当中的他们，或是像沙砾，或是如野花，乍一看非常普通，但细细一瞅，每个人身上都有一个高贵的世界。

日复一日的操劳与奔波、一行接一行的泪水与汗水、不断交替的离合与悲喜，都使人忘却初心、丧失姿态，跪倒在生活的长路上，匍匐向前，像尘土一样卑微。慢下来，发现那些藏在俗世中的优雅灵魂，是对他人的一种欣赏，也是对自己的一种提醒。

我们一旦有了优雅的姿态，生活便不再机械、苍白，它将变得丰盈、充满光亮，美好如昨夜我们忘记抬头仰望的星辰。

Chapter 4
山川岁月长,余生须尽欢

岁月极美,你要欢喜等待

> 岁月极美,在于它必然的流逝,
> 看过春花、秋月、夏日、冬雪,我们相信生活与时间的赏赐,
> 且让老优雅地到来。

1

二十八岁这一年,是我硕士毕业后工作的第三年,自己再也没有被人当作学生。

长期熬夜熬出的眼袋、黑眼圈,不断在讲台上大声讲课而使得嘴角冒出的皱纹,越长越多的胡茬,干枯受损的发丝,天天都在飙升、无法再控制的体重……一天当中,最艰难的时刻是当自己站在镜子前,发现曾经白皙、嫩滑的面庞如今已粗糙、油腻,怎么洗都洗不干净了。这一切都让"少年"一词在我的生活中渐行渐远,阳光再怎么好也感觉不到了。

结束学生时代,进入工作后,人就老得特别快。多少次午夜时分,我都想着一觉醒来自己可以重新回到那个如白瓷般美好的年

纪：明明是大学的人，走在路上还时常被看成中学生；怎么熬夜都不怕，好好睡两个晚上就恢复回来了，继续仗剑而行，披荆斩棘，身上尽是用不完的力气。

需要承认的一个事实是，曾经被人觉得很年轻的你，会长期沉溺在这样的评价里，以至于当它被现实摧垮，转成谎言时，我们都还毫无知觉。显小这件事确实会让人上瘾，当自己幡然醒悟时，衰老就来得异常凶猛，我们如同慌张的鹿站在原地，等待着命运的网撒下，而迷茫无措。

2

有次在部门例会上，同事们在探讨处理师生之间关系的议题。已经生育两个孩子、腰身肥大、麒麟臂壮硕、日常谈吐十分圆融的阿蓉，开心地说起自己在学校里走路还经常被不认识的学生喊作"同学"的事情，引得在座的人暗自捧腹不已。阿蓉个矮，不爱化妆，穿着质朴，过去或许时常被人说岁数小，她习惯了这样的夸赞，但现在的她已经与那时的自己差之甚远，可阿蓉似乎仍披着那件记忆中的旧衣裳，而无法真正认识此刻镜子前的自己。因为同事一场，我们没有一个人在那次例会上戳破她仍在继续的少女梦。

当我意识到衰老正在汹涌而来时，我也试图反抗。曾经看不起大学室友去快递点取回的护肤品，现在自己也购买了一堆；努力留着刘海，想遮掉泛着油光的额头，为了显得发量多，还专门去理发店把头发烫得蓬松；尽量不碰显得太成熟的西装、衬衫，出门总爱

Chapter 4
山川岁月长,余生须尽欢

穿些颜色明艳的上衣和淡蓝色的牛仔裤,脚上配一双白鞋;拍照时尽可能避免呆板的动作,而多采用可爱的表情、手势,后期修图时则一个劲儿地把图片的光线调亮,让人看不到自己焦黄而暗淡的面颊……但最后发现,即使自己这么努力地去抵抗衰老,现实还是狠狠将我挫败,让我溃不成军。

在解放碑,我被一个商场门童取笑了。那天我站在国泰广场门口等人,一个年轻的门童总瞧着我,我在想自己身上是不是有什么脏东西,便站在一面镜子前检查了一下,没发现异常。随后我又回到原先等人的地点,这时门童走过来,瞧着我的脸,开口一句,竟然是:"你岁数应该很大了吧?"我知道他其实是想说我装嫩。当时我尴尬得无言以对,身子僵在了他的目光中。他得到了一种戳破真相后的快乐,脸上露出得意的神情,转身走到一侧。我永远记得那张脸,光滑细腻,没有瑕疵,充满年轻专属的光芒,非常刺眼,我无法直视。

3

这两年,身边的年轻人越来越多。在开始一段时间里,我一直是部门最年轻的90后老师,现在,这里比我岁数还小的同事逐渐多了起来,看着他们眼中仍带光的样子,我心里十分羡慕。刚上讲台教课时,面对十八岁的学生,我并不失落,在某些时刻觉得自己还和他们一样年轻,但两个学期后,这种自信荡然无存,工作一步步掏空了我,让我迅速老去,我不敢再多看一眼那些无忧无虑、意气风发、胶原蛋白满满的面庞。许多时候，我都想在这些年轻的肉身面前隐遁。

衰老这条路，没有人可以绕过。在它面前，凭你如何负隅顽抗，最终你都无计可施。它不可攻克，无人可以逆袭，它是生命必将到来的状态。

想起张爱玲在《倾城之恋》中写下的一句话："你年轻么？不要紧，过两年就老了。"以前不理解，权当一个女人的毒舌之语，戏谑而已。现在理解了，方知人在时间面前的脆弱与无奈。没有人会得到岁月长久的恩宠，江湖夜雨、柴米油盐，他人正经历的，迟早轮到你，一一尝尽。

我也开始不再规避自己的年龄，而是直面它。没有再把时间耗费在关于那些无聊的思绪上，也不对眼前年轻的面容心生羡慕或哀戚。逐渐走到三十岁的关口，自己越来越明白什么才是更重要的，我不想被庸俗日常淹没，我想把时间和内心付诸理想的生活上，逐渐忽略肉身的变化。

回到书桌前，日出研墨，日落收笔。将写作作为生命中富有仪式感的事情，专注对待。那米白的纸上有时落着唐朝的牡丹，有时铺着明朝的月光，有时蓄着乌江的池水，有时响着芭蕉上的雨声。在字里行间策马扬鞭或泛舟缓行，尘世间受尽欺凌的瘦弱身躯，渐次丰盈。小风拂过温碗中的茶汤，空气中似乎荡起了这香味的涟漪，被鼻翼收下。

回到质朴的生活，不在光怪陆离、喧嚣颠簸中盯着镜中的自

Chapter 4
山川岁月长，余生须尽欢

己。坐在山坡上，看着黄昏中的云霞西去，像晚归的母亲提着一篮子的好心情散步着回家，偶尔一只鸟飞来，站在被暮色浸染的枝头，与我对望，像在问候。在远处山道上，老山羊带着小羊下山，一路咩咩叫，如同放学的孩童迫不及待地把今天刚学的童谣唱给大人听。渐渐入夜了，山下人家都亮起了灯火，昏黄或泛红，像豆子播撒在灰暗的幕布上，又仿佛是一个个字，写在一封家书上，字迹朴实、单纯，却闪现微光，有老酒烫后的温暖与守候。

有信仰，有存在感，在这样的日子里老去，似乎也不是一件多么恼人的事情，内心反而多了一份自在、从容与踏实。

总在是枝裕和电影中扮演母亲角色的树木希林，是我很喜欢的一位日本演员。她生前经历了俗世的爱恨情仇，看遍了人间沧桑，活得通透、明白。面对电视镜头，她回应着人们所深深恐惧的衰老。"不错，这个皱纹，我是挺喜欢的，但大家好像不喜欢。这皱纹是我好不容易长出来的，不显示出来太可惜了。"老太太非常释然，言语间带着自己独特的洒脱与幽默。

4

我成长于乡野，日头好的时候，常看见村中老妇拿出竹编圆簸箕在自家门前晾晒谷粒。这些手工编织的竹制品什么时候最美？是年轻时，还是此刻？它们年轻时还是漫山遍野的竹子，青青翠翠，人们砍下后，削成篾片、篾丝，编出竹篓、竹篮、竹筐、竹筛、竹簸箕……散发着匠人手心的温度和竹子本身年轻的气味，好看是好看，但不算最美。当它们被用起的时候，当日光、微风亲吻它们及身上所装满的五谷果蔬的时候，当它们旧得像一个个慈爱的母亲的时候，怎么看便怎么美了。

春种秋收，瓜熟蒂落，一切都在自然而然地发生。一个人年不年轻、长得好不好看，都会过去。忘记一些俗世的目光，也不再被生命的状态捆绑，而时常难过、担忧。我们最好的一面并不只留在光鲜的皮囊上，更多时候是存在于未来的可能上。

岁月极美，在于它必然的流逝，看过春花、秋月、夏日、冬雪，我们相信生活与时间的赏赐，且让老优雅地到来。

Chapter 4
山川岁月长,余生须尽欢

且让自己真实活过

> 在这辽阔世间,使内心舒适的事物都是美的化身。
> 美使我们活着,像个人,会看天识云、望海赏鲸,在滚滚红尘里行走,
> 用心珍藏每一个动人瞬间。

1

在一段极其漫长的成长岁月里,美在我的世界中是缺席的。

我出生在一个传统的农民家庭,所接触的事物太过于普通,甚至杂糅在一起,也只是呈现出一种苍白色,如一面墙。

每天当我要出门时,母亲都会过来检查一遍我的着装。外套太过花哨,裤子有些肥大,里头穿的毛衣太薄,都得换。她再一瞅,发现我的头发也有些长了,要剪,到理发店请师傅剪个寸头。

母亲对我站在镜子前的时间也有要求,不许停留太久。我一待得长,她就开始用并不好听的言语驱赶我。我像一只极为胆怯的动物被扔来的石子击打着,无法忍受,便狼狈逃走了。

在饭桌上,母亲也占着非常大的主导权。每顿她都事先将米饭

盛满碗中,那碗口直径有十五厘米左右,端到我面前,命令我快点吃完。身体发育的那几年,我像不断被填充的麻袋,鼓鼓的,十三岁身高一米六,体重就飙升到一百三十斤。同学嘲笑我,我跟母亲说,希望她能理解我,减少一些饭食,得来的却是她的责怪:"你不这样吃,是要瘦成竹竿吗?满大街走,让人指指点点?"

每次她都这样对我说道,不容我有任何辩解。她以自己的年代审美捆绑我,使我在很长时间里觉得自己太过平凡,模样不值一提。我渐渐忽略了这一身皮囊,也不知道它也是能产生美的。

2

直到念高中时,才开始注意到自己的长相,从五官到身形,轮廓逐渐清晰,看着宿舍镜子里的自己,仿佛魂魄找到了肉身所居一样,美在我身上苏醒了。

是在一次课间,前桌转过头来,瞥见我的侧脸,突然叫我别动。我问她为什么,她笑着说,发现我的侧脸很帅。我不免感到一阵羞赧。

这是我人生第一次意识到好看这个词原来可以跟自己的世界有关,虽然也只是被人提到某个角度尚能入眼,但我已经顿感欣喜。

转眼过去十年了,前桌已经结婚生子。她永远不会知道自己曾经在课间不经意的一句话,却让一个男孩子黯淡的世界开始有了光亮。

美一直隐藏在我们身边,很多时候我们都是通过旁人的提醒而

Chapter 4
山川岁月长，余生须尽欢

发现它，意识到它的存在。

3

小学时，尚且还在咿呀学语阶段，老师就教我们唐诗。活泼些的如《咏鹅》，哀戚些的若《静夜思》，都是用白描手法，通过事物缤纷的颜色、亦动亦静的形态使幼童在脑中想象出相关图景，体会藏在诗中的百般情感。老师循循善诱，但我们似乎对文字本身组合出的声律、对仗的形式更感兴趣，至于情境，也因年纪小无法领悟。

印象最深的是柳宗元的那首《江雪》，语文老师当时为我们深情朗读着："千山鸟飞绝，万径人踪灭。孤舟蓑笠翁，独钓寒江雪。"她在"绝""灭""孤""独"这些字上用了重音，提醒我们需要注意。在课的末尾，她又讲出这诗中蕴含的，其实是一个不得志的诗人内心的失落与孤绝的情绪。诗因这情而美，而动人。

但当时，我们满脑子只贮满她那清丽如泉从林间涌出的声音，以及作为生活在南方不曾见雪的孩童，对"寒江雪"这种意象的向往之情。对美的欣赏只关乎着表象。

多年以后，当我只身行旅在北方的雪山里，十九岁刚刚成人的年纪，远离南国，在遥远的他乡奔波，孤独随着零下三十多摄氏度的寒气漫到胸口。世界辽阔无垠，来路变得异常模糊，而往前望去，似乎也无尽头。我口中呵出热气，清晰可见，又瞬间消失，光阴稀薄，散了又散。

我步履踟蹰，一个踉跄，倒在地上，陷落于这白茫茫天地当中，四周声息寂静，仿佛内心跃动的声响已胜过其他。瞬间对眼前的风景也看得极其清楚了，除了秃木枯枝，剩下一片空白，没有后来的人，也不见前面的人，只是自己一个人躺在这里。那一刻，我突然想起了《江雪》，才知千百年前的柳宗元竟在诗里写尽了一个人的孤独，那孤绝之美，此刻我是靠得最近了。

回到民宿，在窗外如豆灯火悉数被吹熄的时刻，我在红炉前，蘸着微光暖意，又品起唐诗。再见着《江雪》，首先映入眼帘的是这四行诗句的首字，连在一起，组合成"千万孤独"，瞬间惊叹柳宗元的才情，在这文字中竟藏匿着如此迷人的世界，一个在大雪天坐于孤舟中独自垂钓的"蓑笠翁"，怀揣的是这人间的千万孤独。

这样美的意境穿越了岁月厚实的墙垣，来到现在，从未过时。而有所经历的当下人也在青春的烟花散尽后，与这些美的字句互为镜面，彼此观照个体命运于这世间的万千喜乐。美是种子，当我们有了生活的阅历，有了与世界更多的关联，便有了能够催生这些种子生长的养料。

4

《红楼梦》中"黛玉葬花"一幕让人过目不忘，其深刻之处是曹雪芹营造出的悲来自人与物共有的命运。睹物而思过往遭遭，风月离合，林黛玉认识到自身终究是要走向消逝的，同这落花无异，都有无法摆脱的凄凉。她楚楚吟道："花谢花飞花满天，红消香断

Chapter 4
山川岁月长，余生须尽欢

有谁怜？游丝软系飘春榭，落絮轻沾扑绣帘。闺中女儿惜春暮，愁绪满怀无释处。手把花锄出绣帘，忍踏落花来复去。"这悲因共情而长出美的花枝，在表象繁盛实则荒凉的红楼里傲然绽放。

金庸在《神雕侠侣》里刻画了少女郭襄在黄河边与杨过初遇的情景。此时的杨过已不再是翩翩少年郎，断了右臂，两鬓已显斑白，但在他摘下面具的一刻，对眼前的"神雕大侠"钦佩不已的郭襄，眼中若有熠熠星辰，发出倾慕光亮。才女林燕妮对这一场景有诗评道："风陵渡口初相遇，一见杨过误终身。"初相见，长相思，世情男女在爱的旅途中回忆最多的莫如此，因为它美，有着爱情最初纯澈的光亮。

2017年夏天，我出差到山西进行教学交流，车过风陵渡，心中不免兴奋起来，在列车疾驰中，透过车窗搜索着黄河边上的渡口，它还安好吗？曾想着跟某个人来，在落日河畔信誓旦旦，但在这一年春光散尽的时候，那个人也离开了我的世界，如烟火一般盛大的恋情在大雨如注中不见踪迹，独剩我饮酒醉去。再回首当初，一切璀璨，越发璀璨。这么多年过去了，大河滔滔，风尘四起，人间变幻太多，"风陵渡口"最终只成了金庸笔下侠骨柔情的代名词，是美的库存。

也理解了曾经听过不觉精彩的歌，到了现在，每回听都不禁红了眼眶的缘故。不是歌变好听了，而是我们都有了岁月跟生活的痕迹。它们共同构筑了我们对美的认识、对美的欣赏、对美的体悟。

5

美的功能主要是服务内心，调节内心的气候。使人于失落时愉悦，如在深谷见着希望的光束洒落，于焦灼时冷静，仿佛在炎夏沙石上行走而有溪水赶来。一个人不断感受着美，美会逐渐在他心底积聚成一种力量，让人更好地去生活，判断、思考世界的各个层面。

从这点来说，美并无高低之分。

有人看到橱窗里的金装玉裹极为赞叹，有人心心念念宝马雕车，有人站在碧瓦朱甍下流连忘返，太多人穷极一生追求着这些物质之美。

同样，也有人饮一杯清茶，读一首短诗，练一幅字画，看一朵花开放，或是守着一片天地一个人等日子途经，带来风霜雨雪，雕琢、打磨彼此容颜，最后与这岁月共白首，这些也是美的。

6

在这辽阔世间，使内心舒适的事物都是美的化身。美使我们活着，像个人，会看天识云，望海赏鲸，在滚滚红尘里行走，用心珍藏每一个动人瞬间。

但我们很容易忽视这些美好的事物。昨天的奔波，今天的加班，明天的倦怠，现实压力将人赶进高墙当中，忙着生，忙着死，忙着成为一台机器，丢失生活的品质。时间一长，人就丧失对美的

Chapter 4
山川岁月长，余生须尽欢

感受能力，美就像水蒸发了。

且让生活慢一点，以生命融入四季的水墨、虫鸟的交响，看云，看月，看漫天的星辰，看岁月如何奔驰，走过冬天，迎来春天，又满载萤火枫叶，送至窗前。

在每一回夜行途中抬起眉梢，打开手电，用美的光束照亮黯淡的角落。日子如尘落下又扬起，勾勒出山海般起伏的轮廓，所有的微小都与庞大联结，所有的美都在等待意识醒来的时刻。

林清玄曾说："生命的实质是空无的，串起这空无的，只是一个个有感有悟的刹那，刹那就是生命的本身。"

刹那，是美出现的瞬间，我们因此感觉自己有真实地活过。

都会有，都会好

所有远行的人，都有山川和星辰

> 世界只是一帧一帧浮现于眼球的风景，
> 我们途经，与别处的生活相遇，
> 但在旅行的最后，终点一定是自己。

1

读大学后，因为常有作品发表、出版，我获得了比较丰厚的稿费，在扣除学费、生活费之后，自己开始将剩下的钱用于旅行。

离开熟悉的环境，前往别处生活一段时间，我喜欢去感受这个世界更多未知的部分，搬进鸟的瞳中，凝望过路的风，世上有再多的雨雪都不足挂齿。

记得自己第一次远行前，我到邮局领取了《读者》杂志社发来的一笔稿费。那天走回宿舍的途中，瞬间觉得天地都不一样了。那个荷花初绽的夏天，傍晚阳光仍旧灿烂，我停下脚步，在我的面前，有什么东西显得异常耀眼，是响着欢快音乐的洒水车沿路洒下

Chapter 4
山川岁月长，余生须尽欢

的水花，在日照下显出一轮微小的虹，它跟随洒水车奔向远方。我像平常一样继续走路，但似乎又跟往常不一样了。

想起了歌德，在1786年的某天凌晨提起行李，独自钻进一辆邮车，就此前往意大利。意大利拯救了快被世俗吞没的歌德，他丢下公务员身份，在那里写下了《浮士德》《塔索》的部分书稿。而我也要跟随洒水车去往柏油路的尽头，那是我还没去过的地方。我要用自己赚取的稿费，去看看更美的人间。当时心里装满这个念头，我仰起尚且稚气的头，笃定向前走着。

最先前往的一些地方好像只是从自己看过的书中走向人间那样，多了一份立体、真实的感受。

在这个世界上，有太多人用镜头和文字展现它们，打开电脑，随便找个搜索引擎便能轻松找到与它们相关的图片，历史、地理知识及旅行攻略。亲身抵达这些地方，上扬的嘴角也常在一声惊叹后回归平常。

很多时候，前往一个地方也仅是为了逃离当下的生活状态，像个事不关己的局外人游走于各个角落，觉得见到便是得到了，其实是在边走边忘。

后来在旅途中，我逐渐懂得与这世界相见，需要带上自己细腻的内心，认真体会所有生动有趣的瞬间，它们微亮却很迷人，有我们记忆中已被尘埃覆盖许久的细节。

都会有，都会好

2

我见过火车上一个男孩眼角突然滑落的一滴眼泪，原因是听我唱起他哥哥曾哼过的歌曲，他想念去远方上大学的哥哥；看到一个中年男人在月夜抬头仰望，口中的叹息像一条白鱼很快游进夜的汪洋里，不见身影；也望见在马路中央努力攀爬围栏的老妪，为了这头的孙子去买马路另一端的小吃，在当下的语境里上演着朱自清文中那一道相似的背影。

也曾在途中怀抱着对世界的热爱，却被现实浇下一盆冷水，清醒过后，更加理性地去感知人情冷暖。有一回去拉市海游玩，坐车要到目的地时，被告知要进行一些项目的消费，我不肯妥协，他们便停车将我放下，随即拉上车门开走了，我被丢在一条山道上，走了很久的路才望到尚有烟火的人间。

一次在冬日的沈阳街头，我因丢了手机与行李箱，整个人木木地站在大雪纷飞的路上，希望有人可以帮我，询问了很多人，他们都将我视作骗子，甩出惶恐、冷漠的脸色给我，加剧北方深夜的严寒。

但一路上感到更多的仍是世间的温暖，那些陌生人给予的善意与爱，是醇美的茶水，品过之后还不时回甘，成为寒冷岁月里舌苔温暖的来源。

在清迈的时候，曾寄宿在同学的朋友Lee家里，住处位于古城外的一个村庄里，早晨会有大喇叭广播从远方的田野飘来。Lee喜

Chapter 4
山川岁月长，余生须尽欢

欢向人介绍很多田园农场的有趣知识，但中文不太流利，每次怕我不懂他要表达的内容，就拿出卡片，在上面画画，每次画完后都朝我微笑，牙齿整齐而洁白。夜里多蚊虫，我几次被咬醒，他便开着吉普车到六公里外的镇上给我买青草膏。

宁静的夜晚，万物生灵和风而眠。婆婆的光影照在屋内，地板上闪着银光。丝丝缕缕的药草香气像是从故乡飘来。

L是我去亚丁途中认识的朋友，为人豪爽仗义，有一回我在路边想搭车，几次被拒，是他用自己那辆朋克风格的摩托车载我前行。在即将入冬的稻城，冷风拍打着L的黑色皮衣，我伸手触碰他的肩膀，手掌像被冰块嵌入一样，即刻冻住。摩托车如同一只在半路喘息的动物，L不断踩着油门。我坐在他身后，问他："还能开吗？"L先不说话，咬紧牙关，狠狠踹着油门，随后听到一阵发动机隆隆的轰鸣声时，他嘴角上扬，答道："你就瞧好吧！"话音未落，我就被摩托车带出去了，身体往后倾，头发被寒风拉成硬刺，我们上路了。

3

世界的版图在自己的脚下一点点扩大，每当我从一个地方回来，便会在地图上做个标记，看着所到之处越来越多，我就止不住一阵兴奋，入睡前笑得合不拢嘴，因为我知道自己越来越靠近我最终要去的那个地方了，它是我的内心。独自旅行让人获得了一种独处的力量，越发了解自己身上的优点、弱点及心中的宇宙，也明白在这复杂的世间，什么对自己才是重要的。

孤独是我们在路上所获得的珍贵的纪念品，它叫人放空所有，让人得到最大限度的自由，而收获新生与诗意。

在一个全新的环境里，每个人都在与过往做着一次暂时的告别。撇开背景，不再有各种关系捆绑，身份仅仅是个过客，没有太多世俗压力，没有任务表，没有打卡器，没有顾忌与忧虑，身旁只有人来来去去，谁也不会指指点点。一切只要你想，就能开始。可以在书店席地而坐，待上一整天；可以在公园里学老年人跳舞、打太极；可以夜里七点钟从上海坐动车到南京，去夫子庙看看灯火阑珊中的秦淮夜景；可以清晨四五点起身去芽庄的海边看一场日出，为一缕落在发梢的光而热泪盈眶；也可以在极其充实而产生倦意的途中取消后面的行程，选择一张柔软的大床睡上一天，虽未前往山川湖海，梦中也能水光潋滟、风光无限，享受人生的通透与欢愉。

4

每个人又会在这陌生的境地里，重新认识自己身上的可能，被时间锻造得坚强而独立，丰盈而从容。

在鹿野，第一次尝试了滑翔伞，站在崖边，腿脚瑟缩着，教练不断在旁边鼓励我，让我不要害怕，记住方法后就大胆往前跑，他也会跟我一道跃起。"别紧张，风会让我们飞翔，忘记所有恐惧。"我在他温柔的话语中助跑了一段距离，在崖边整个人弹起，闭上眼睛，瞬间又睁开了，整个人随着滑翔伞升入高空，我松了一

Chapter 4
山川岁月长，余生须尽欢

口气，笑起来，要知道从前的自己是不敢面对眼前的这片天地的。

"我终于做到了！"我对着视线里的云层、山脉、河流、村落大声喊道。耳畔似乎听到了教练从后面飘来的声音："对啊，你做到了，酷酷的男孩！"胆小怯弱而褶皱遍布的内心，瞬间被风给摊开了，抒平了。那时觉得自己拥有了整个世界，也拥有了一个全新的我。那是我生命中飞跃的时刻。

旅行中，顿感自然的神奇，它有唤醒人、治愈人的能力。在自然中行走，不再攀附于谁的影子，内心笃定淡然，自己便是自己了，无常世事仿佛皆可忘却。

5

在西藏的夜晚，气温骤降，身边的同行者越来越少，我依然往前走去。在海拔三千多米的地方，双脚极其缓慢地移动着，口中喘着粗气，当初一些坚定的想法开始松动，比如为什么独自来这高寒的地方，如果倒在这荒凉的世界里又有谁会知道，心里在那一刻竟想到放弃。眼睛里泛起潮水，为了不计它们涌出，我抬起头，一瞬间望见了漫天无数的星辰，璀璨耀眼，距离与我如此之近。我突然意识到自己来这里不就是为了与它们相见吗？

在苍穹下清楚自身的卑微，知道延续生命的方式，是在人生黯淡的天幕上留下踪迹。所走过的路、写下的文字都保存着自己的痕迹，未来会有人看到的。我伸手拭去眼泪，吸了吸鼻子，对着这些早已陨落数万亿年的满天繁星报以微笑。

也是在一个夜里,我独自漫步在恒春的海边,温度越来越低,像走进一个巨大的冷藏室。大风猎猎,涛声震耳,四周礁石如暗中站立的男人,粗糙,沉默,全身风霜遍布。不断上涨的海水很快涌到脚边,仿佛再过一刻,它们将淹没我,但自己丝毫不觉畏惧。想起少年时心中也常有困顿,是来看海而得到了缓解。成人后承受更大的压力与痛苦,海洋由始至终还如昔日友伴用最纯朴的声音与我诉说,用冷冽却让人清醒的拥抱给予我最大的宽慰,并使我拾起一颗初心。

我沿着夜色中人影稀薄的沙滩潇潇洒洒向前,好像这是一条归家的路,返回我松弛自由的十七岁,去那个阔别已久的纯真世界。一个身影轻盈的我,一个眼神透亮的我,在拒绝沉重的生活、成长中悲哀的底色。

没有深入自然,融入自然,无法获知生命的磅礴与伟大。万物声息相连,我们所无法理解的、困惑的、烦恼的问题,在自然那里,自有朴素的答案给予每个人。给自己一段时间,与一草一木、山川湖海相处,确定生命的位置,懂得未来的道路,这是自然的丰美馈赠与精神慰藉。

6

卡尔维诺曾在《看不见的城市》里说:"每到一个新城市,旅行者就会发现一段自己未曾经历的过去:已经不复存在的故我和不再拥有的事物的陌生感,在你所陌生的不属于你的异地等待

Chapter 4
山川岁月长，余生须尽欢

着你。"

世界只是一帧一帧浮现于眼球的风景，我们途经，与别处的生活相遇，但在旅行的最后，终点一定是自己。一个人如果不知道自己是谁，也不曾重视自己，那他是容易丢失未来的。

一直在想，如果一生都能住在风中，随它前往世界的每处角落，好像也没有什么不好。

在福州，在上海，在重庆，在台北，在纽约，在巴黎，在每一个闪亮的日子里，每一根发丝都在接受这个世界的爱与苍凉，并从中寻找到自己的位置，荒芜的心会在那么一瞬间被刻出壮阔的山川和星辰。

都会有，都会好

人生百宴，一人食也要很快乐

在人生的宴席上，身旁的座位不会永远固定坐着谁，昨天是他，今天是她，明天或许落空，一个人也没来。人世太不确定，我们要习惯这样的生活。

1

我喜欢站在快餐店门口看新推出的菜品海报。新鲜的食材，浓郁的汤汁，艳丽的色彩，在经过柔光处理的镜头中显得非常动人。常常控制不住自己，一个人跑进店内尝鲜，不管里头人多人少，都淡定坐下，心里只装着想吃的食物，没有江湖，也无世界。

一人食，是我平日吃饭的常态。享受的是能对食物确切把握、随心所欲的感觉，不迁就、不伪饰、自在、满足，拥有一个人生活专属的快乐。

坐在光线明亮的餐厅里，欣赏着刚端上餐桌的菜肴或是转盘上溜过去的果蔬，它们像极了与这世界初相见的婴孩，展示着身上腾腾的热气或鲜嫩的肌理。注视着它们，人会丢去烦恼，一天当中再

Chapter 4
山川岁月长，余生须尽欢

糟糕的情绪也顿时不见踪影。食物治愈着易生病的灵魂。

曾经，在较长一段时间内，吃饭对我来说，是一件公开的事情。在家中，父母兄弟围坐在一张饭桌前，吃着青菜豆腐、鸡鸭鱼肉，也聊着家长里短、俗世人生，它们像一种特殊的调味料洒在食物上，泯于我们唇齿间。家庭氛围若是温馨，这调料便很对胃，若是压抑，恐怕就会反胃不适，让人只扒几口饭就匆忙离席，一刻也不愿多待，就如日本作家太宰治在小说《人间失格》中展现的一样："我坐在那幽暗房间的餐桌末端，因恐惧而寒战连连，把饭食一点点强压进口中，闷想着：'人为何一天非吃三餐不可？'每个人吃饭时都表情严肃，用餐俨然如某种仪式：一家人须得每日三次，准时聚集到一间幽暗的屋中。餐盘的顺序要摆放正确，即使并不饿，也须沉默着低头咀嚼饭食。以至于我曾以为，这是在向家中蠢蠢欲动的亡灵们祈祷。"这样的用餐时刻无望而感伤，消解了食物本身带给人的美好力量。

2

上高中后，我开始寄宿在学校里。每次吃饭时，都感觉自己像一条鱼要游进食物的海洋里。食堂里菜品众多，我从窗口打完饭菜，坐在偌大的餐厅里，发现周围同学都是成双成对吃饭聊天，而我一个人是如此奇怪，如此孤单。我想融入人群里，破解孤独带来的恐慌。

那时经常陪我吃饭的是Z，我们因为高一进来分在一个宿舍而相识，脾性相近，兴趣也相投，便结为死党，天天一起吃饭。后来，文理分班，我跟Z不在一个班上，但都约好谁先下课谁就到食堂给对方占座。

有一次，我率先甩开众人跑进食堂，兴奋极了，占了靠窗的位子，等Z到来。但过了好久，人潮退去一波又一波，我都没瞧见Z。我临窗坐着，发呆，深秋的风吹进来，在我身上逗留，我感到冷。那是我第一次意识到一种更深的孤独，是源于朋友的缺席，毕竟在很长一段时间里，他的陪伴已成了我的习惯。随后，Z来了，带了一瓶可乐给我，向我致歉，但那顿饭我怎么吃都不快乐了。

饭后，我跟Z都会在操场上散一会儿步。Z常常会指着围墙外的一栋豪华大饭店大声嚷嚷："高考结束后，我们一定要去那里吃一顿，不管多贵，我都请你吃！"我听着，胃里一阵温暖。

现在，我独自面对餐桌，才知道那天自己的难受，也算是对高中毕业后朋友间的不舍、不习惯做了一定程度的心理准备。转眼间，我们都如风中芦花飘散于天涯海角，少年时的鲜衣怒马、灼灼芳华都已黯然消逝，太多誓言只是当年一瞬青春勇。

在人生的宴席上，身旁的座位不会永远固定坐着谁，昨天是他，今天是她，明天或许落空，一个人也没来。人世太不确定，我们要习惯这样的生活。

在大学时代，我身旁朋友不多，且我们每个人都开始有自己的世界。我不再跟人约饭，吃饭成了一件私人的事情，我也逐渐感受到一人食的乐趣。可以任意选择想去的店，点自己喜欢的菜品，不

Chapter 4
山川岁月长，余生须尽欢

必考虑对方口味，也不用怕冷场需时时找话题，不在意世界，只讨好自己。

3

刚刚开始适应一人食不是件容易的事情，我在饭店里见过许多食客，他们吃相并不好看。有和父母大吵一架后跑出门的孩子，有恋情刚刚终结的年轻女孩，也有创业失败与一伙兄弟分道扬镳的男人。他们面对餐桌，沉默、叹息或是垂泪，尝的每一口都不是食物，而是煎熬、抱怨、难过、懊悔。

有一回，我在一家日料店独坐一隅，挤着柠檬切片，正准备往秋刀鱼上洒上一层汁液，突然看到邻桌来了个姑娘。她点了一盘生鱼片，估计是头一回吃，表情复杂，脸庞像是不断被搓揉的面团。我见她半天也没开动，便也要了盘生鱼片，故意在她跟前吃得津津有味，大声咀嚼起来。虽有些失态，但见她往我这儿瞧了几眼后，也开始动起筷子吃着，我就很开心。

她夹住生鱼片往芥末里一蘸，便即刻把筷子转到嘴边，一闭眼，生鱼片被吞了进去，她又突然睁开眼，脸上绽开笑容，眼里闪出光来，她成功了。之后，她朝我这头会心一笑。孤独的人相处起来常是这样，互不打扰，却都彼此懂得。

许多时候，我们都怕自己孤零零的样子被人看到，然后被问一句："你这样会不会很孤单，身旁为什么都没朋友？"看似嘘寒问暖的话语背后，却藏着别人心底的嘲笑与窃喜。而我们不需要理会这些声音，我们要敢于孤独，面对孤独，好好享受一个人可以把握的世界。

4

蒋勋先生谈及孤独，有段话我印象深刻："孤独是生命圆满的开始。没有与自己独处的经验，不会懂得和别人相处。"那些众人相处得其乐融融的热闹表象底下，不见得都对彼此有较深的认识，或许多数只是逢场作戏，害怕自己陷入被孤立的境地。面对他人与世界的前提，是先坦诚地面对自我。

与其互为星辰环绕彼此，不如先自成人间潇洒点活着，一个人吃饭、睡觉、学习、工作、旅游、购物也挺好。烫着苕皮、毛肚，撸着街边串串，暑热时节下盘凉拌黄瓜，寒冬腊月喝一碗莲藕排骨汤，不拘泥于他人，不被俗世束缚，只让眼前世界属于自己跟胃。

我们曾经热衷于跟人分享人生餐桌上的一蔬一饭，渴望得到他人的注目与陪伴。现在独坐在命运的屋檐下，自饮昨夜的雨、晚来的雪、过路的风，胃在热汤下肚后暖得像只慵懒的猫，满足于这孤独的恩赐。

无须向谁举杯，也不必等待对面不可知的叩问，一人食，从容做自己，尝尽人间百味，留下生猛岁月中舌苔最难以忘记的那一种原汁原味。

Chapter 4
山川岁月长，余生须尽欢

人看多了，就想看看海

在这片刻，东临碣石，以观沧海，
的的确确感受到自身的存在，就如梁实秋所说的那样：
"人在有闲的时候才最像是一个人。"

1

这段时间，总喜欢一个人走在深夜空荡荡的大街上。远处有犬吠声传来，仿佛被扩音器放大一样，在空气中回响。风有点大，吹得商店篷布噗噗作响，像这座城市的旧衣裳被逐层掀开，有什么故事要裸露出来。自己不知不觉就走到离住所很远的地方，像个刚来的旅人，在原本熟悉的城市里迷路。

腿脚走得有些酸痛，想打个出租车回去时，听到路的尽头有阵阵涛声，像是海潮，一瞬间错觉，让我向着夜的那头走去。看见是一片江，在晚风中汹涌澎湃，岸边渔火簇簇，我停在路的尽头，对自己笑了笑。

在云南旅行时，也有过这样的错觉。那年九月有一周时间，心里挤着太多烦恼,我想遣散它们,就逃离学校,来到大理。在苍山洱海边的一家民宿,挑了间窗户面朝洱海的卧室,住着。傍晚时分水雾凝重,我倚靠着露台栏杆目视前方,天水相交近似一色,有无限的辽阔铺开,洱海像一片真正的海。楼下,民宿老板在收衣服,柴犬在他身旁撒欢,我不禁嘴角上扬,觉得生活仿佛也是片平静的海。

故乡长乐靠着东海,年少时常和祖父穿过沙丘来到海边。祖父是个受过太多苦难创伤的人,一生郁郁不得志,所以常常独自来看海。当我自顾自踏着浪花越走越远时,他立马厉声喝住我,说许多时候大海看似表面平静,底下实则暗涌遍布,分外危险。他吃力地拉长满布锈迹的声音,叫我快回来,快回来。

那时自己毕竟年少,不知其中深意,长大后才明白,人世与海如此相似。只有潜入过深海的人才知海底漆黑,动荡不安。当我们无法获知隐藏在其中的危险时,会感到一种深深的恐惧。海给了每一个人敬畏它的缘由。

因为故乡近海含沙量大,且以黄沙为主,所以海水常年较为浑浊,不是我理想中的海。我心中真正的海是在兰屿见到的。从台东富冈渔港出发,坐两小时客轮,来到这一座被时间掷于太平洋上的岛屿。四周全被深蓝色的海水围住,起风时,岛屿仿佛成了一艘船,在这波涛汹涌的太平洋上乘风破浪,当自己与浪花交手几回后,由畏惧到亲昵,一冲动真想从高崖跃入海中,投进它蓝色的臂弯。

来岛上的第二天,我就请达悟族房东大叔带我去浮潜。在双狮岩附近,遇盛夏豪雨,海面顿时成为鼓面,我的后背遭到一阵捶打,不觉疼痛,倒像种解脱,仿佛周身的孤绝爱恨被敲打而出,淌向远处深海。我低头,水下的世界平静如昨,鱼群按着原有的节奏行进,海带随着水流摆动自己柔软的身体,一条海蛇闪电般穿过我的目光,向更深的海底刺去。我感觉此刻上帝把他的眼睛给了我。

2

始终觉得兰屿的居民是靠近上帝的。这里人家不多,道路空旷,除了开过的摩托,甚少见到人影。我在路上走,经常碰到一群山羊,它们并不怕人,悠然徒行,啃着青草,向我走来,偶尔见到飞得疲倦的白鹭停驻在它们背上,动物们对行人并无一丝恐惧,生命没有高低贵贱,如此平等。

岛上的居民也不曾被物质、名利捆绑,每天日出而作,日落而息,天气好,就出海捕鱼,回来挑些鱼现炒现煮,剩下的经腌制后晒成鱼干,供日后食用,等鱼快吃完时,再去捕。也在屋后种些菜,逢着海上风大或休渔期时,就从地里取得食物。

"一日三餐自给自足,不用跟谁比较,在这里,每家每户情况都一样。"浮潜回来途中,房东开着吉普车,对我说道。

或许这也是许多人选择逃离城市生活而旅居在岛上的原因,这里不仅有我们久违的自然风光:蓝天、碧海、松涛、旷野、星空、明月、清泉……更重要的是重建生活的秩序、行走的节奏,以及治愈自我的内心。当我站在开元港,迎着阵阵海风,遥望客轮开来的方向,发现彼岸固化的世界早已失去轮廓,它此刻与我如此遥远,隔着一条银河似的,我不再奔波于汹涌的人海,不再接住谁扔下来的材料、任务,不必忍气吞声,也不必取悦谁,只觉得自己是自己了。在这片刻,东临碣石,以观沧海,的的确确感受到自身的存在,就如梁实秋所说的那样:"人在有闲的时候才最像是一个人。"

在海边,清晨起床,看阳光逐渐从桌角移到床边,床头柜上的水杯光影浮动,窗外早已缤纷灿烂,能闻到大海特有的咸湿气味,像跟前升起了一片透明的海,鱼虾游动,散发这些味道。

想起英国作家丹尼尔·笛福在《鲁滨逊漂流记》中写下的一句话:"我们老是感到缺少什么东西而不满足,是因为我们对已经得到的东西缺少感激之情。"我看着眼前的世界,感恩于每一个事物在我生命的途中所贡献出的力量,让我知道了美,感受到了情,期待着爱,让我成为一个人。

当然,时常也在问自己:愿意一直留在岛上吗?真实的答案是自己无法长久待在这里。狭小而孤独的海岛是用来寻找自我、放慢节奏的。出来久了,城里的人会逐渐忘记城外的人。我终究是要回到自己熟悉的世界去,那里有我的家人、我的生活、我的工作、我作为人价值所要体现的地方。

3

海是内心的一处庇护所,但不是居留地。每个人可以把苦楚暂且搁置在风月海潮里,由着自我的性情走一小趟活泼泼的人间,可随后仍要回头处理自我与现实的矛盾,试着去调整,去适应,去解

Chapter 4
山川岁月长，余生须尽欢

决。不要指望海替你保管所有，它没职责，也无义务。它只是每天按照自己的节奏潮涨潮退，发出自然的声息，与这天空对望。

从岛上回来一年后，我硕士毕业，开始工作。时间随即变成一根绷得紧紧的橡皮筋，拉着动物一样的自己前行，一步步远离过去慢得仿佛静止的光阴。备课、上课、批改学生作业、完成部门任务、看书、写论文……分秒被瓜分得干干净净。多少次午夜辗转难眠，都希望自己还在海边，在炎夏吹着大风，在干净的白沙上奔跑，看蔚蓝的海，自己甚至只想当个海上的渔夫。

但我明白明天早上醒来后还是得面对镜子里的那个人，我要给自己一张足以承受世间万千磨难的笑脸，让自己成为海，去包容这世界所有的喜悦与悲伤、温热与苍凉，我不能哭泣，也不能放弃，毕竟不能辜负每一片我所看到的海，不能辜负自己旅行的意义。

4

工作的这几年，经常坐地铁经过嘉陵江沿线，望见车窗外雾气浓郁而呈白色，大雾封锁了对岸的房屋，四周变得朦胧而空荡荡。云雾起伏中，江水在轨道下缓慢流淌。我昏昏欲睡，进入梦乡。

梦里，自己站在海边，巨浪翻滚，船帆抖动，觉得自己也飞起来了，正跟随一群海鸥扑打着双翅，向着远天飞去。渐渐地，海天平静下来。

暮色罩在海上，海水粼粼发光，一切恐惧就在一瞬间消解，好像纯度不高的铅笔拉出的线条，无论多长，都可以随手用一块时间的橡皮擦将其擦去，不留痕迹。而自己却在悄悄长大。

向着白夜奔跑

> 青春时，我们以梦为马追逐奋斗，会有一些时候非常难熬，放慢步履看看沿途风景，并没有错。但长期随性散漫的舒适区，只能是自己的地雷区，走多了容易踩到雷，人生荒废，面目全非。

1

读研期间，冬天的清晨常在睡梦中度过，宿舍阳台对面的缙云山雾气已散，十点钟，自己仍像只蚕，享受着被棉被包裹的温暖。除了天冷的缘故，还给自己赖床找来的借口是不想步入机械循环的生活，我想让时间尽可能听自己的话，虽然这样的想法显得自欺欺人。

一些习惯一旦养成，是不易戒除的，如在心里养一只动物、种一棵树，它们同人成长，并有了愈渐庞大的身躯，驱赶是艰难的。长此以往，自己就活成了一个散漫的年轻人。

邮递员打来一通电话，询问我最新的住址，之后他送来一批杂志社的稿费单子，嘱咐我一定要早点去邮局兑成现金。我不以为

Chapter 4
山川岁月长，余生须尽欢

意，把它们放进抽屉里，关上，几天后就忘记了。偶然瞥见，发现单子上的取款日期已过，有些遗憾，心想着只能说明自己与它们有缘无分。像搁在冰箱里太长时间的面包、咖啡、牛奶、水果、蜜糖，毫无知觉间就过期了，一个又一个的有缘无分。

散漫的生活过久了，人很容易得上一些病，懒惰、拖延、放纵都会入侵我们原本的世界，打乱我们的节奏，使自己变得焦灼，越发疲惫，人生进入一种困顿的状态。

要写的论文一周之后仍停在一行标题上；邮寄给朋友的物品还放在桌上，落了一层灰；要递交的表格材料依然是刚拿到手时的空空如也。紧张着，在某一时刻，手机频频响起，显示屏上都是打来的电话或发来的短信，全都在催自己"赶快，赶快"，瞬间手足无措，不知道究竟要从哪里开始，将自己陷入深深的泥沼，痛苦挣扎。

C曾经告诫我几次，如果我不做出改变，未来的路不会走得太远。他最后一次对我这么说，是在火车站。我刚参加工作，而他要回老家的中学教书。

C一直羡慕我身上的一些条件，他觉得自己太平凡，所以必须通过努力才能与我并肩。但他也深知我的弱点，太过随性，有时不够清醒去认识自我和世界，浪费了太多能让自己处境变得更好的机会。而我总是在他每回提醒之后点点头，又很快遗忘。

2

我太容易沉浸在自我世界的快乐当中，忘了时间，忘了要去处理的事情。

夏夜，走在路上，有风吹来，带着晚凉的露水，落到皮肤上，清凉凉的，如同小蛇滑过。我的双脚开始在寂静的路上蹦跳着，耳旁听着骨骼抽节的声音，咯吱咯吱响，似乎这就是自由的响声。

平日也在不断放空自己，出没于少有人去的地方，河边、植物园、天台、书店、咖啡厅，时刻感受着区别于大多数人的生活，感受着内心的空，觉得自己是风，也是海水了。

而这种放空的过程其实是具有危险性的，因为空是永远放不完的，当你把它过成日常生活后，需要去面对的琐事正堆积如山。它们等待着你，而你是永远都无法摆脱的。

放空成了一种逃避。

原本只是想过着跟大多数人不一样的生活，但这样的日子过久了，发觉自己拥有的仍是另外一种机械的节奏。

一天晚上零点过后，一名读者在微博上发来私信："原来他们说的是真的，你每天到这个点都还没睡。"想起大学时室友看到我早上十点多钻出被窝的情景，他笑着对我说："你很准时，每天都是这个时候醒来。"W也常跟我聊道："我都知道你每天出门后的行踪了……"

3

在这个被隐形绳索牵引、捆绑的世界里，不知道有多少人正与我一样以为自己拥有聪明天分而不与眼中世俗群体生活轨迹相似，

Chapter 4
山川岁月长，余生须尽欢

结果便活成了这群人眼里的笑话：特立独行，不懂得在相应的年纪做该做的事，不会处理基本的人际关系。

而我也觉察到自己其实也在沦陷于另一种机械的人生里，依旧没有摆脱一个站在挂钟下数着时间的人的身份，只是别人都把钟面上的时针、分针调快了或是保持原先的节奏，保证自己能在规定的时间里完成各项任务，我呢，却把时间调慢了，一切都落在后头。

工作的第二年，房东将租给我的房子提前收了回去，我没有及时找到合适的地方，就先在一家旅馆落下脚来。

隔壁房间住着一个头发很长的青年，像是学音乐的。我在旅馆住了几天，都没见到他，只是听见半夜里他的房间会发出各种乐器的声音，有时是吉他，有时是萨克斯，甚至还有二胡，他把房子变成了一个音乐盒。偶尔他也唱歌，唱朴树的《平凡之路》，由开始的轻缓吟唱到最后近乎歇斯底里的吼叫。

我不知道那么年轻的他究竟积攒了多少故事，又遇到了怎样的困境。我唯一清楚的是他堆放在楼道里的酒瓶子和吃完的肉罐头数量有多少。每天早上当我离开旅馆时都会数一遍：一、二、三，像在问他，你为什么要喝这么多，是有苦衷吗，还是对这样的生活上瘾了？偶尔也会数到四，再想想昨天晚上他是不是情绪很激动，房间里的声响是不是异常激烈。

有一回熬夜听他唱完某首英文歌，歌词听得不是很清楚，却被旋律感染，禁不住也如少年那样红了眼睛。他停下后，我耳边传来一个一个瓶子在触碰中发出的叮咚声，又过了一会儿，我听到他要开门的动静，便迅速溜到门边，开了条缝儿，瞥见他把酒瓶放到门口后回去的身影，披着散乱的长发，穿着灰色的背心，身形瘦削，步履蹒跚，像是这人间的游魂。

和这样随性生活的青年相处了一段时间，作为旁观者的自己，不免会把他人的世界作为一面镜子来观照自己。随性很容易变成放纵。我突然对这一类人感到惶恐，也审视着自己的生活，开始警惕。

4

这几年的自己，作为天真少数派中的一员，整天规避这个机械而热闹的世界，不愿被形式及约束捆绑，到后来呢，变成什么样子了？做事拖沓，太讲究个人的感觉，在别人不断催促中感到沮丧，在一次次错失机遇后懊悔不已。生活变好了吗？没有，而是变得更糟。

人的成长和所有的草木相似，是有时间表的，春夏秋冬，五年十年，每一个时间段里都有我们需要做的事情，都有我们的不同状态。

春天时偷的懒，秋天时很难还上，等到大雪封山只能饮下北风时，才怪罪那么散漫度日的自己。没有行动力，也不强求自己要在什么时间完成的人，往往一事无成。

如果一直努力着，我现在是什么样子呢？

不会让曾经只是跟我要签名的人在一两年这么短的时间里就超过自己。

有了在自己喜欢的城市买房的首付，不用隔三岔五地搬家，颠沛流离。

出国深造，看见更大的世界，在学识上不断精进，成为一个优秀的人。

5

鲁迅先生曾说："哪里是什么天才，我只不过把别人喝咖啡的时间用在了写作上。"没有人不向往从容自在的生活，只是有时我们在追求的路上忽视了自己必须承受的艰辛。一个强迫自己奔跑的人和一个悠闲行走的人，抵达的未来是不一样的，前者的人生无比辽阔，后者只能在失落的余生中度过。

青春时，我们以梦为马追逐、奋斗，会有一些时候非常难熬，放慢步履看看沿途风景，并没有错。但长期随性散漫的舒适区，只能是自己的地雷区，走多了容易踩到雷，人生荒废，面目全非。

当我意识到这一点时，清楚眼泪无济于事。在2019年除夕零点到来的一刻，我在微博上写道："给自己一场仪式，漫天烟花和满街爆竹都为自己庆祝新生的日子。从这一天开始，我要努力了，为了不让世界改变自己的初心，为了实现未来靠近理想的最大可能。春风一杯酒，敬每一个不甘平凡的追梦人。"

全身骨架松弛了太久，这一刻，我站起来，做了一下热身后出门，在万家灯火照亮的这个白夜里，朝着已经很久没再走过的那条路跑起来。

在生活的途中，唯有自律奔跑，才能补救所有惋惜。

我要回去看一看故乡,过一下故乡新年份生活美好的情趣。可谁会想到如此简单的下来,居然是那么困难,于是我求助与孩据,愿你我的一切都会是,我的一切都是好的!

亲爱的爸爸妈妈：

你们好！

爸爸，您最近还好吗？听妈妈说，您最近迷上了钓鱼，还钓到好几条大鱼呢，真厉害！不过钓鱼虽然有趣，也不能太劳累了，要注意休息，别累坏了身体。

妈妈，您最近工作也很忙吧，每天都要上班，回来还要做饭、做家务，辛苦您了。您一定要注意身体，别太累了。

我在学校里一切都好，请你们不要担心。最近我们学习了很多新知识，老师讲得很有趣，同学们也都很认真。我在学习上也很努力，争取取得好成绩。

上个星期天，学校组织我们去春游，我们去了山上的公园。那里风景很美，有很多花和树，我们玩得很开心。

爸爸妈妈，我已经长大了，不再是小孩子了。

祝你们身体健康，工作顺利！

儿子
20 .2 .23 于校

亲爱的：

你那里最近天气好吗？

盛夏几近熄火的时候，我离开了山城，来到高雄，发现这里依然炎热。于是原来计划穿一个月的短袖，三个月后，在日历提示“立冬”节气时却仍旧穿在身上。

夏天像一个永远不会老去的少年跟随着我。

九月时，我离开大陆，发现自己突然很想你。后知后觉的我，是不是很讨厌？

飞机在一阵轰鸣声后，安稳地飞行在高空。我睡着了，梦里的自己重回年少，和你在一个考场考试，你在认真地做题，不时咬着笔杆，想到一个答案，脸上就浮现微笑，像一尾鱼在我眼前游弋。我不聪明，学习主要靠着一股勤奋劲儿，自知不如你有读书的天分。

来岛上的这些日子，我住在学校宿舍里。室友是当地人，读的是资讯工程，日常闽南语讲得比普通话要顺口，喜欢做家务，我经常在清晨的睡梦中就听到他手持吸尘器在房间里走动的声响。宿舍不大，但因为海边风大，尘埃总往我们的空间里钻，桌上总是擦不干净，一早抹完的灰，晚上又在台灯下飞舞，像不像我们的身影在彼此的世界里无法消散？

你知道的，我独处惯了，生来就是抗拒陌生人的性格，一直都不爱交朋友，即便在人多的场合，多半也只是报以浅笑。在这世上，每个人都带着各自隐秘的故事生活，稍不注意，就可能牵出过往纤弱的线绳，一用力，就把对方扯断了。了解一个人是有危险的，而我不太爱冒险。但在你这里，这些都失效。

近来在看乔伊斯的《都柏林人》。窗外是被朝阳照亮的小叶榕，有猴子爬上树，一边采摘果实，一边与我对望。傍晚时，喜欢出门到港口的市集上走走，在人潮中感受平凡的生活。也想着等我们老了以后，到这样的市集上买鱼跟贝类的场景。

我也时常独自站在海边，看夜晚繁星闪烁的港口。船只安然泊岸，有一种岁月瓜熟蒂落的感觉，好像一生的事情都有了着落。当然，只有你在身旁，这种感受才算真实。